SEPT ANS PLUS TARD

SEPT ANS PLUS TARD

JEAN-CHRISTOPHE TIXIER

RAGEOT

À Stéphane.

Couverture de Vincent Dutrait.

Cet ouvrage a été imprimé sur un papier
issu de forêts gérées durablement,
de sources contrôlées.

ISBN 978-2-7002-3908-9
ISSN 1766-3016

1

Comment avais-je pu accepter de m'y rendre ?

Depuis le départ du train, cette question tournait sans fin dans mon esprit.

Les paysages défilaient devant mes yeux sans s'imprimer dans ma mémoire. Une succession de campagnes verdoyantes, de villages trop tranquilles, de collines annonçant les montagnes. Je croisais les doigts pour qu'un passager tire le signal d'alarme et que le train s'arrête en rase campagne. Cette idée me fit sourire. Et pourquoi pas une voiture en panne sur la voie ? Ou un désespéré se jetant d'un pont ?

Quand je croisai son regard, la femme assise sur la banquette face à moi le détourna, embarrassée d'avoir surpris mon sourire.

Mais sa curiosité était la plus forte et, à intervalles réguliers, ses yeux se posèrent sur moi, pour mieux fuir quand j'y plantai les miens.

Le temps passant, elle se mit à me dévisager avec plus d'assurance de la tête aux pieds, la bouche plissée en une moue dédaigneuse. Étaient-ce mon jean déchiré sur la cuisse, les échos martelés du rap que déversait mon lecteur MP3 dans mes oreilles ou ma manie de faire claquer le clapet de mon téléphone portable ?

J'attrapai mon sac à dos, en extirpai mon carnet et un crayon. Mes compagnons. Où que j'aille, ils étaient avec moi, à portée de main.

Je remontai mes genoux, calai mon bloc. En quelques traits, la femme qui me faisait face se retrouva croquée en mégère. Foulard sur la tête, œil torve, nez froncé, lèvres pincées. Pour compléter le tout, j'ajoutai une touffe disgracieuse de poils sur le grain de beauté qui ornait son menton.

– Contrôle des billets s'il vous plaît.

Je mis mon carnet de côté, la caricature bien en évidence, mais ma victime n'y jeta pas le moindre coup d'œil. Le contrôleur attrapa mon billet sans même poser un regard sur moi. L'heure était à l'indifférence générale.

J'essayai de m'abandonner à cette campagne fugitive, de l'autre côté de la vitre.

Il faisait beau, un ciel sans nuage, une nature généreuse, la danse langoureuse des blés dans le vent. Ces paysages me laissèrent froid. Aussi froid que ce courant d'air craché par la climatisation.

Qu'avais-je été faire sur ce site de retrouvailles, moi qui n'avais personne à retrouver ?

– C'est un solitaire, expliquait ma mère à qui voulait l'entendre.

Ce qualificatif était destiné à me faire réagir ; elle ne comprenait pas mon goût pour l'isolement et la rêverie. Et que dire de mon attirance pour le dessin ?

Elle aurait préféré que je joue au tennis, ou mieux encore, au golf. Elle aurait aimé que son fils brille socialement, le sourire aux lèvres, la répartie facile et joyeuse.

Ma mère. À cette heure, elle devait déjà en être à sa deuxième tenue, ruminant qu'elle n'avait plus rien à se mettre, planifiant pour le lendemain une séance de fièvre acheteuse.

Je tournai la page et me mis à dessiner mon père, dans son costume de super héros des affaires. Sourire carnassier, cigare démesuré aux lèvres, alors qu'il n'en fumait jamais, une foule d'idées débordant de son cerveau. En arrière-plan, son usine. Car la vie de mon père se limitait à ça. Il avait troqué sa tranquillité auprès de ma mère contre un fils, en l'occurrence moi, puis contre une carte bleue, qui se révéla plus efficace. Je représentai ma mère, la tenue impeccable, croulant sous les paquets au retour d'une de ses après-midi de boulimie consommatrice.

Mon père non plus ne comprenait pas mon goût pour la caricature, lui pour qui le dessin se résumait aux schémas techniques.

Je complétai ma composition en dessinant des dizaines d'exemplaires de son fameux Aquatherm – le chauffe-eau solaire qui avait fait son succès – dans un alignement parfait, telle une parade militaire à la gloire d'une dictature exotique.

La maison vivait au rythme de l'Aquatherm et de ses déclinaisons qui le rendaient universel : neuf, rénovation, appartement, villa, collectif, individuel, rien n'arrêtait l'Aquatherm et son inventeur, mon père, détenteur du brevet numéro 6325AZ25 déposé auprès de l'antenne de l'INPI de Lyon, le vingt-trois avril mille neuf cent quatre-vingt-quinze. Son petit, comme il disait. Le certificat était affiché dans le couloir. Personne ne pouvait entrer ni sortir sans passer devant.

Entre les « Mon-chéri » de ma mère, dont les paroles ne se traduisaient pas en actes et les séances de « Viens-mon-fils-avec-moi-à-l'atelier » de mon père, j'étouffais.

Alors j'avais annoncé la veille, avec un air de défi :

– Ce week-end, je ne serai pas là.

Ma mère avait jeté un bref coup d'œil à mon père, comme pour y chercher la confirmation qu'elle ne rêvait pas, puis s'était approchée de moi, dégoulinante de soulagement. Enfin, son fils se décidait à sortir de sa coquille !

– Les anciens de CM2 de l'école Saint-Jules organisent un week-end de retrouvailles.

– Ah ? avait fait ma mère, presque déçue.

– C'est une excellente idée, avait commenté mon père.

– Oh oui, c'est une idée formidable, s'était-elle reprise. L'école Saint-Jules, c'est trop mignon. Tu vas retrouver tous tes anciens petits amis. Et tu pars quand ?

– Demain matin, par le train. Et je rentrerai dimanche soir.

– Parfait. Je te conduirai à la gare en allant au marché, avait-elle annoncé, enjouée.

J'avais levé les yeux au ciel, traversé le salon pour gagner l'escalier, et j'étais monté m'enfermer dans ma chambre.

Je tournai la page de mon carnet, sous le regard fuyant de ma voisine d'en face, puis jetai un œil à ma montre. Arrivée prévue dans vingt minutes.

2

De la pointe de mon crayon, j'entrepris de coucher sur le papier les souvenirs de cette année de CM2. D'un geste ferme et rapide je dessinai les bâtiments, puis la cour, dans l'ombre du noyer qui trônait en son centre. J'esquissai quelques silhouettes, mais mes coups de crayon n'étaient plus que des coups de griffes qui lacéraient les personnages, loin de l'ironie cinglante dont j'aimais émailler mes dessins.

Me revinrent en mémoire les humiliations, les coups répétés et le racket dont j'avais fait l'objet tout au long de cette année scolaire. Avec un prénom détestable : Anthony.

Je m'apprêtais à tracer les traits de c[illegible]
houette devenue floue avec le tem[illegible]
train commença à ralentir.

Sur les visages de mes voisins de compartiment se lisait l'impatience d'arriver enfin à destination.

Une boule se forma dans mon estomac. Plutôt qu'une boule, c'était une main qui malaxait mon ventre et serrait de toute sa puissance. Mes épaules me semblèrent soudain plus lourdes, mes poumons plus étriqués.

– Vous ne descendez pas ? me demanda la femme que j'avais caricaturée.

– Euh... si... bien sûr.

Je rangeai mes affaires, passai mes doigts dans mes cheveux et me levai lentement. J'attrapai ensuite la valise d'une vieille dame et l'aidai à descendre du train.

x X x

Je me retrouvai sur le quai, dans la masse confortable des passagers. Aussitôt mes réflexes prirent le dessus. J'aimais observer les gens, repérer le détail qui les différenciait, le défaut à accentuer, ou encore la ligne particulière qui ferait de mon croquis un portrait identifiable. J'enfilai une paire de lunettes de soleil, outil indispensable pour épier sans être vu.

C'est au moment de quitter la gare que je l'aperçus. Anthony. Sur le trottoir d'en face, entouré de trois garçons de son âge. Difficile de ne pas le reconnaître.

Ses boucles noirs avaient laissé la place à un crâne rasé, mais aucun doute n'était permis : cet air supérieur n'appartenait qu'à lui. Un téléphone collé à l'oreille, un second dans l'autre main, il accompagnait sa conversation de gestes amples.

Il dépassait ses comparses d'une tête et bombait le torse pour mieux afficher sa carrure qui déjà, à l'époque, m'impressionnait. Sa chemise de marque par-dessus son pantalon, une chevalière à l'annulaire droit et une démarche de cow-boy décidé achevaient le tableau.

La conversation terminée, il tendit le téléphone au garçon situé à sa droite qui, tel un serviteur zélé, l'attrapa et le glissa dans sa poche sans qu'Anthony ait un regard ou un mot pour lui. Le plissement de ses paupières dessinait sur son visage un rictus sardonique et méprisant conforme à mes souvenirs, en version adulte.

Les souvenirs ressurgirent. Un à un, ils prirent place dans mon esprit, avec la clarté d'événements survenus la veille. Et pourtant, sept ans s'étaient écoulés. Sept ans, quand on en a dix-sept, c'est l'éternité.

Je me revis dans un coin du préau, coincé par Anthony, livrant d'une main tremblante l'argent volé dans le porte-monnaie de ma mère pour éviter les coups. Un long frisson me parcourut le dos.

Je l'observai discrètement. Dans la cour de l'école, il imposait les jeux, composait les équipes, édictait les règles, excluait, et nous n'osions pas le contredire ou simplement émettre la moindre protestation. Nous le craignions tous. Combien étions-nous à subir sa violence ? Je l'ignorais. Personne ne s'en était jamais vanté.

Je sentis la rage monter en moi. Une rage doublée d'une angoisse telle que je fis demi-tour et pénétrai de nouveau dans la gare pour jeter un coup d'œil au panneau des départs. Il n'y avait aucun train pour Lyon avant le lendemain. Quelle idée de revenir dans ce trou paumé.

J'entrepris de me raisonner. Anthony n'était peut-être plus celui qu'il était à l'époque. *Sept ans plus tard,* me répétai-je en boucle. En sept ans, on change. Forcément. Moi aussi j'avais changé. Pourquoi le fuir aujourd'hui ? Il ne m'effrayait plus.

Quand je le vis tourner à gauche alors que notre lieu de rendez-vous, l'école Saint-Jules, se trouvait un peu plus haut sur la droite, je le laissai filer. Peut-être ne comptait-il pas participer à ces retrouvailles. L'espace d'un instant, je me sentis soulagé.

3

La place devant la gare n'avait pas changé. Les mêmes commerces, les mêmes massifs de fleurs. J'avais quitté cette ville en fin de CM2 ; un déménagement salutaire pour moi, mais à l'origine destiné à offrir de meilleures perspectives à l'Aquatherm de mon père. Pour une fois, nos intérêts s'étaient rejoints.

L'école était située en haut de la rue, sur la droite, en remontant vers le centre-ville.

Je repensai au jour où j'avais surfé sur ce site internet, attiré par la promesse de retrouver d'anciens copains de classe. Mon but n'était pas de renouer avec eux. Simplement de découvrir ce qu'ils étaient devenus, de fouiller ce passé révolu. Qu'espérais-je y déterrer ? Je n'en avais pas la moindre idée.

Puis, très vite, il y avait eu ce message de Pauline, dont le visage flou se perdait dans ma mémoire : « Et si nous nous retrouvions le temps d'un week-end ? » Moins de vingt-quatre heures plus tard, un autre mail était arrivé, avec une proposition de date. Je m'étais empressé de dire qu'il me serait impossible de me joindre à eux. Elle ne m'avait pas répondu.

Pourtant, je me trouvais là, à une cinquantaine de mètres de l'école, sans avoir prévenu quiconque de mon arrivée. Je reconnus la boulangerie où ma mère m'achetait des confiseries multicolores, signe qu'elle souhaitait aller faire les boutiques. Pour ces bonbons, j'étais prêt à la suivre où elle voulait.

Un peu plus loin, le fleuriste. Je me souvins d'y avoir volé une rose pour l'offrir à une fille dont j'étais tombé amoureux. Elle s'appelait Elsa et avait un an de moins que moi. Elle avait pris la fleur et, dix minutes plus tard, Anthony s'en était emparé, avait arraché les pétales, me les avait lancés à la figure au motif qu'il était le seul à pouvoir délivrer une autorisation au sujet des filles de l'école. Si je voulais me rapprocher d'une d'elles, je devais au préalable l'en informer et, s'il n'y voyait pas d'inconvénient, il donnerait son approbation. Autant dire que j'avais gardé le silence.

Une nouvelle vague de colère bouillonna en moi.

Devant la porte de l'école, ils étaient une petite dizaine, bruyants, rassemblés sous une banderole artisanale sur laquelle était inscrit en lettres noires : *Saint-Jules, CM2 2004. Week-end de retrouvailles*.

Les passants leur adressaient des sourires ou des commentaires sympathiques, leur souhaitaient un bon week-end pour certains.

Je me présentai au groupe, avec autant de conviction que si je me trouvais à un quelconque guichet.

– Bonjour, moi c'est Pauline, et toi, tu es qui ?

Elle était brune, assez grande, les cheveux parfaitement lissés, et portait un maquillage léger, mais efficace. Son chemisier clair avec des petites fleurs bleu pâle soulignait ses formes, et son short blanc surplombait une paire de jambes immenses.

Avant même que je n'aie eu le temps de répondre, elle me claqua une bise sur chaque joue.

– Pierre-Adrien, balbutiai-je.

Elle attrapa aussitôt sa liste, fronça les sourcils.

– Pierre-Adrien Nial. Oui, je me souviens. Pan-Pan. Quelle surprise, on ne t'attendait pas, commenta-t-elle.

– Oui, j'ai pu me libérer au dernier moment. J'espère que ce n'est pas gênant, soufflai-je.

– Au contraire, plus on est de fous, plus on rit, lança une fille que je ne reconnus pas.

– Pan-Pan, reprirent tous les autres.

Et voilà. Je n'étais pas là depuis deux minutes que mon surnom de l'époque ressurgissait. Avec des initiales pareilles, je ne pouvais pas y couper.

Tout le monde rit et, pour faire bonne figure, j'esquissai un pas de danse au rythme des Pan-Pan qu'ils scandaient. Pauline me présenta chacun.

– Tu te souviens de Kévin, Laura, Nicolas, Marion, Marine, Doriane et Théo ?

Certains de ces visages n'évoquaient rien pour moi mais je serrai les mains, distribuai les bises, avec pour chacun un petit mot. Tu as changé, jamais je ne t'aurais reconnu, qu'est-ce que tu es devenu ?

Cette fois-ci, j'y étais.

4

Pauline tenta de masquer sa surprise. Pour se recomposer un visage avenant, elle prit le temps de consulter la liste des élèves de l'époque. Puis elle releva la tête et esquissa un sourire.

– Pierre-Adrien Nial. Oui, je me souviens. Pan-Pan, annonça-t-elle.

Elle devait et allait faire bonne figure. Car désormais, elle ne pouvait plus reculer. Tout avait été pensé et minutieusement préparé. Elle s'entendit présenter chacun à Pierre-Adrien. Autour d'elle, le brouhaha lui sembla un instant lointain.

Elle regarda sa montre. 11 h 15. Joffrey avait été clair. Elle devait l'appeler à 11 h 45, une fois tout le monde arrivé.

Elle aurait bien anticipé l'appel pour se rassurer, mais c'était l'assurance de déclencher sa colère. Il était ainsi, Joffrey. Impulsif, même si neuf fois sur dix il finissait par s'excuser.

– Ce ne sont que des mots, répétait-il. Ce ne sont que des mots.

Auprès de lui, elle se sentait vivre. Il lui offrait ce que jamais personne ne lui avait offert : un horizon. Pas un chemin semé d'obstacles, mais une plaine dégagée où son regard se perdait à l'infini.

Il lui avait donné la force d'échapper à cette vie étriquée dans laquelle ses parents l'étouffaient. Avant sa rencontre avec Joffrey, Pauline vivait à leur rythme. Repas à 19 heures, télé chaque soir. Les vacances ? Toujours dans un hôtel paumé au milieu d'une campagne ennuyeuse. Et là encore, un rituel immuable. Promenade le matin, déjeuner à heures fixes, feuilleton en début d'après-midi, jeux de société ensuite, avant d'entamer une interminable soirée.

Pour ne rien arranger, sa mère cuisinait mal. Ses plats étaient insipides. Pauline avait envie de dire qu'ils lui ressemblaient. Comme modèle de féminité, elle pouvait repasser. D'ailleurs, Pauline avait toujours eu honte d'elle, exigeant qu'elle la dépose dans la rue voisine quand elle la conduisait à l'école.

Jamais elle n'avait invité d'amis à la maison. Les meubles et les bibelots ringards y étaient posés sans harmonie. Un décor qui n'avait jamais changé.

Heureusement, depuis un an ses parents lui fichaient globalement la paix. Pauline avait imposé ses choix vestimentaires. Que sa mère s'habille tel un sac, c'était son problème. Elle, elle était coquette. Une penderie pleine à craquer, et un goût pour le maquillage qui ne pouvait lui venir de sa mère. Savait-elle au moins ce qu'était le mascara et comment s'utilisait un crayon pour les yeux ? Pauline en doutait. Elle avait très tôt renoncé à faire évoluer sa mère à ce sujet. Le cas était désespéré.

Pour le portable, ils n'avaient fait aucune difficulté. Et pour les sorties, ils ne trouvaient rien à redire tant qu'elle restait raisonnable.

Bientôt, au prétexte de poursuivre ses études après le bac, Pauline partirait et s'installerait avec Joffrey. Quelles études ? Peu importait, à condition qu'elles se fassent ailleurs.

– Tiens, voilà Anthony, annonça une voix à côté d'elle.

Elle se raidit, et revint aussitôt à la réalité.

5

– Tiens, voilà Anthony, annonça Marine d'une voix enjouée.

Dès mon arrivée, j'avais remarqué son sourire. Sa bouche était parfaite, de celles que le crayon amoureux trace à l'infini pour compenser l'absence ou la distance. Ses yeux noirs pétillaient de malice. Pour la première fois, je ne vis pas le trait à forcer pour réaliser une caricature, simplement l'envie de tracer les courbes de son visage en imaginant une caresse. Marine me plaisait. Oui, au-delà d'un portrait, c'était son contact que j'espérais.

Son annonce cassa la magie. Une moue méprisante se dessina sur le visage de Laura.

Si Marine était le genre de fille sur laquelle on se retourne et qui paraît inaccessible, Laura avait les traits durs, la peau terne, les cheveux mi-longs tirés en arrière noués avec une pince quelconque et des formes pas encore prometteuses. Mais si la première était attirante, la réaction de la seconde me la rendit aussitôt sympathique. Comme Laura, l'arrivée d'Anthony ne me réjouissait pas. Et nous n'étions pas les seuls.

– Qu'est-ce que tu avais besoin d'inviter ce gros naze, râla Théo à l'adresse de Pauline.

Celle-ci ne réagit pas.

Anthony, torse bombé, œil plissé, le coin gauche de la bouche relevé dans une attitude de complicité fort étudiée et parfaitement artificielle, fit un check à chacun, tantôt avec le poing, tantôt en tapant dans les mains. Même aux filles. Et chacun s'y plia.

– Salut les jeunes, content de vous retrouver, lança-t-il à la cantonade. Les festivités peuvent commencer.

À croire qu'on n'attendait que lui.

– Oui, passons aux choses sérieuses, proposa Kévin.

Enthousiaste et volontaire, Kévin l'était déjà à l'école. Il était arrivé après la rentrée des classes, ne parlant pas un mot de français. Ses parents adoptifs avaient été le chercher en Éthiopie. En quelques mois, il maîtrisait le français. Sa joie de vivre en avait fait le chouchou de la cour de l'école.

– Tout le monde est là ? questionna Marine.

– Non, intervint Pauline. Il manque Julien et Dylan, mais ils n'arriveront que ce soir. Et bien sûr madame Boyer, qui ne devrait pas tarder.

Mme Boyer. J'en gardais le souvenir d'une personne patiente quand elle expliquait une leçon, mais aussi exigeante, dure et ferme. D'où son surnom de Aboyer. Malheur à celui qui mâchait du chewing-gum, copiait sur son voisin, bavardait au lieu de l'écouter ou lâchait un gros mot. Dans sa classe, le silence, l'ordre et la discipline régnaient. Les fortes têtes se soumettaient à son autorité. Même Anthony, qui préférait contrôler la cour et les abords de l'école.

Le groupe, avec Pauline à sa tête, s'avança vers notre ancien terrain de jeux.

– Tu ne vas pas commencer, râla Doriane à qui Anthony venait de donner un coup dans l'épaule.

– Toujours aussi douillette, se moqua-t-il. Si tu ne t'endurcis pas, la vie te mangera toute crue.

– Tu connais quoi de la vie, toi ? rétorqua-t-elle en s'éloignant.

– Et susceptible en plus, ajouta Anthony en prenant les autres à témoin.

Personne ne releva. Sauf elle, qui lui servit un doigt d'honneur sans se retourner.

Doriane était la plus jeune, mais avec un look affirmé. Tee-shirt un peu lâche et déchiré, jean noir moulant, Dr. Martens aux pieds.

Voyant mon regard posé sur elle, Laura me glissa à l'oreille :

– Souviens-toi, c'était la surdouée, elle avait deux ans d'avance.

Effectivement, je me souvenais. Toujours la première dans le classement de fin de trimestre, ses exercices terminés alors que certains n'avaient pas encore écrit une ligne. Elle avait même le droit de circuler dans la classe pour vérifier notre travail et corriger nos erreurs.

– Oui, ça nous énervait énormément. Tu te rappelles la fois où Anthony avait mis des vers de terre dans son cartable ? Elle avait hurlé comme une folle. C'est la seule fois où je l'ai vue se faire gronder.

Laura n'avait pas oublié non plus.

– On m'en a fait voir à moi aussi. Il y en a certains ici, si je pouvais leur tordre le cou…

Je sentis en elle une rage sourde.

– Ah ? lâchai-je en prenant un air étonné.

– Le racket, les mots bourrés d'insultes que je trouvais dans mon cartable le soir en rentrant chez moi.

Un peu plus loin, Marine discutait avec Marion. Étais-je en train de rêver ou bien me lançait-elle à intervalles réguliers des regards furtifs ?

La conversation avec Laura passa au second plan. Elle ne fut plus qu'un prétexte pour continuer à observer celle qui déjà m'attirait.

– Tu vis toujours ici ? demandai-je, l'esprit ailleurs.

– Oui. On habite la même maison qu'à l'époque, derrière le supermarché. Et toi ?

– Euh... la banlieue de Lyon.

– Ce n'est pas trop dur de vivre près d'une grande ville ? Ici tout le monde se connaît. Quand tu lèves un sourcil, la nouvelle fait le tour en s'amplifiant et se déformant, mais je trouve cela rassurant.

– Il y a si longtemps que je suis parti que je ne me souviens plus comment ça fonctionne, ai-je répondu en suivant des yeux Marine.

– Elle te plaît ? demanda Laura après s'être retournée pour identifier l'origine de mon inattention.

– Euh... non, mentis-je.

Ma réponse la fit sourire.

Alors que nous pénétrions dans la cour, je sentis comme un étau enserrer avec force ma poitrine. Malgré la disparition du noyer, remplacé par un tilleul maigrelet, tout était comme avant, figé. Les hauts murs, les longues enfilades de fenêtres.

Une multitude d'images affluèrent, mais aussi les odeurs des couloirs, des salles de classe, de la cantine.

Et puis là-bas au fond, à côté des sanitaires, le recoin à l'abri des regards dans lequel Anthony me coinçait, exigeant de moi toujours plus si je ne voulais pas recevoir de coups une fois hors de l'école.

Je demeurai un instant figé, ma haine intacte.

– Tu viens, on va faire une partie de foot dans la cour, me proposa Kévin en passant devant moi.

– Euh... ouais, fis-je en tentant de reprendre mes esprits.

– J'espère que tu as fait des progrès Pan-Pan, ajouta Anthony sans m'adresser un regard.

6

– Les garçons contre les filles, proposa Pauline.

Je trouvai cette idée excellente. Pas de tri à opérer, comme avant, quand les leaders de chaque équipe choisissaient un à un leurs coéquipiers. L'humiliation suprême consistait à être sélectionné en dernier ou à ne pas l'être. Je me souvins d'une fois où Anthony, voyant qu'il ne restait que moi, avait annoncé qu'il valait mieux jouer en sous-effectif plutôt que de m'intégrer dans son équipe.

Tout le monde avait ri.

– Ouais, et si on gagne, vous êtes à notre service ce soir et... toute la nuit, commenta Anthony en passant langoureusement sa langue sur ses lèvres.

Avant que les réactions ne fusent, Pauline donna le coup d'envoi.

Pauline. S'il y en avait une dont je ne gardais aucun souvenir, c'était bien elle. À croire que nous n'avions pas partagé la même classe. Elle avait pourtant l'air sympa, ouverte, et était plutôt mignonne.

Le ballon sauta de pied en pied, dans les cris enthousiastes. Cette partie n'avait de foot que le nom. Marine courait dans tous les sens, hurlait pour qu'on lui fasse une passe et, quand elle eut enfin le ballon, elle le prit dans les mains et traversa la cour en direction des buts adverses. Kévin l'arrêta, le lui arracha et, tel un joueur de volley, il le renvoya de l'autre côté.

– Pan-Pan, à toi, m'interpella Théo.

C'était un grand échalas à la nonchalance étudiée. Son visage, partiellement dissimulé par une mèche de cheveux savamment ramenée vers l'avant, était encore imberbe. Une chemise blanche, cintrée, sur un jean de marque, il jouait les dandys. Mais quand il s'agissait d'attraper le ballon, il était capable d'accélérations fulgurantes. Je le revis dans la cour, sept ans plus tôt. Déjà plus grand que les autres, toujours sur le ballon, compensant ses gestes désordonnés par un enthousiasme sans bornes.

– Théo, fais un peu attention, hurla Anthony. Kévin, évite de rigoler et concentre-toi. Pan-Pan, tu as du plomb dans les baskets ?

Sept ans plus tard, il continuait à jouer au petit chef.

Sans quoi monsieur serait mécontent. Le genre de type qui aurait eu besoin de recevoir une bonne claque dans la figure pour gagner un peu de plomb dans la tête. J'étais décidé à lui refiler celui qui pesait dans mes chaussures. Et cela dut se lire sur mon visage car Marine me lança un regard tendre pour m'assurer de son soutien. Aussi, quand le ballon m'arriva dans les pieds, je lui fis une passe.

– Mais à quoi tu joues ? s'énerva Anthony. Tu fais des passes aux filles ? T'es une gonzesse ou quoi ? Ça m'étonne vraiment pas de toi.

Les buts s'enchaînèrent. À chaque point marqué par les garçons, Anthony coinçait une des filles et, lui posant une main sur les fesses :

– Celles qui sont passées dans mes bras disent que je suis une bombe, tu ne le regretteras pas.

– Arrête tes conneries, tenta Kévin.

Hormis celle de Kévin, il n'y eut aucune réaction franche. Simplement des yeux levés au ciel ou des commentaires marmonnés. Personne ne souhaitait provoquer l'affrontement direct. Peur ou volonté de préserver ces retrouvailles ? Certainement les deux.

Quand Mme Boyer fit son entrée dans la cour, le score était de deux buts pour les filles et de cinq pour les garçons. Satisfait du résultat, Anthony checka avec chacun de ses coéquipiers, m'oubliant ostensiblement.

– Ouais mec, tu n'as pas changé. Toujours le boulet de l'équipe, lâcha-t-il en passant à ma hauteur.

Je fis mine de ne pas entendre et m'approchai de Marine en lui adressant un sourire que j'espérais détendu. Elle me le rendit, et je pense avoir rougi.

Alors que nous convergions vers celle que nous appelions maîtresse, Pauline, les yeux sur sa montre, s'écarta et extirpa son portable de la poche de son short.

7

Mme Boyer s'était mise sur son trente-et-un. Une robe fleurie, sur laquelle était fixée une grosse broche en argent représentant un oiseau. Autour du cou, elle portait un foulard beige clair, savamment noué sur le devant. Elle sentait la laque et devait sortir d'une séance de brushing chez le coiffeur. Elle s'était maquillée, un peu trop, comme on le fait pour les grandes occasions.

Car c'était pour elle une grande occasion. Retrouver ses élèves, sept ans plus tard, alors que bien souvent elle n'avait aucune nouvelle d'eux une fois l'année terminée.

Sur mon carnet de croquis, je dessinai sa silhouette un peu forte, un fouet dans une main et un livre dans l'autre. Elle nous impressionnait à l'époque où elle nous faisait la classe.

Sa voix grave et ferme. Son œil sévère aussi. Marine, qui regardait par-dessus mon épaule, ne put s'empêcher de rire. Je me tournai vers elle et lui fis un clin d'œil, qu'elle me retourna. Je regrettai de ne pouvoir saisir, de la pointe de mon crayon, cet instant.

– Je suis si heureuse de vous voir tous ici, déclara Mme Boyer. J'ai terminé ma carrière avec vous et, depuis, l'école me manque tant, si vous saviez…

Une salve d'applaudissements et des sifflets enthousiastes fusèrent.

– Vous êtes tous magnifiques, s'amusa-t-elle. Je veux tout savoir sur ce que vous êtes devenus. J'ai apporté un cahier, et interdiction de partir sans m'avoir écrit un petit mot.

– D'accord maîtresse, lança Kévin, ce qui provoqua un rire général.

– Quand je pense aux progrès fulgurants que tu as faits en français durant cette année de CM2, commenta-t-elle. Le premier jour, tu avais écrit ton prénom en faisant deux fautes. C'était tellement mignon. Et en fin d'année tes rédactions étaient les meilleures de la classe.

Kévin éclata de rire.

– Je suis tellement heureuse de vous revoir, se réjouit-elle.

– C'est grâce à Pauline, la reine de l'organisation, ajouta Marine.

– Mais où est-elle ? Je ne la vois pas, s'inquiéta Mme Boyer en se hissant sur la pointe des pieds.

– Elle est au téléphone, au fond de la cour. Je vais la chercher, annonçai-je.

– Merci… euh…

– Pierre-Adrien, précisai-je.

– Oui, Pierre-Adrien, toi aussi tu as beaucoup changé.

Alors que je descendais les quelques marches pour gagner la cour, j'entendis plusieurs voix clamer en chœur :

– Pan-Pan, c'est Pan-Pan.

– Ça suffit, s'offusqua Mme Boyer. Vous n'allez pas recommencer.

Comme sept ans plus tôt, les railleries cessèrent aussitôt. Je ne pus m'empêcher de sourire.

En deux enjambées, je rejoignis Pauline. Elle était de dos, son portable collé à l'oreille.

– Je te promets que tout se déroulera comme prévu, dit-elle.

Que lui arrivait-il ? Encore un détail à régler ?

– Tout va bien ? lui demandai-je. On t'attend.

Pauline se retourna, surprise, et plaqua sa main sur le téléphone.

– Euh… oui… j'arrive.

Quand je rejoignis le groupe, Mme Boyer réclamait le silence.

– Cela me ferait plaisir que vous arrêtiez de m'appeler maîtresse ou madame. Je me prénomme Dominique, dit-elle en souriant.

– Domi, clama Anthony sans la moindre retenue.

Laura leva les sourcils en signe d'exaspération.

Mme Boyer fit mine de ne pas avoir entendu et s'avança en direction du bâtiment, s'arrêta en haut des marches et tapa dans ses mains.

– Allons Pauline, il est l'heure, on ne traîne pas, lança-t-elle, comme elle le faisait à chaque fin de récréation. Maintenant, je veux tout le monde en classe.

8

– Allô Joffrey, c'est Pauline. Il est ici.

– Très bien.

– Mais il y a un petit problème.

– Ça veut dire quoi *un petit problème* ? jeta Joffrey, de l'exaspération dans la voix.

Pauline se tenait face au mur.

– Il y en a un qui est arrivé sans prévenir.

– Quoi ???

– Oui, il avait refusé mais il est venu.

– Et alors ?

– Alors vous ne pouvez pas venir tous les trois.

– J'aime pas ces changements de dernière minute, s'irrita Joffrey.

– Tu veux annuler ? proposa Pauline.

– Non, on n'est pas près de retrouver une occasion pareille.

– Tout va bien se passer, tenta-t-elle.

Ces propos étaient aussi destinés à la rassurer. À mesure que le moment approchait, elle sentait le doute l'envahir. Elle aurait presque été soulagée si Joffrey lui avait annoncé qu'il renonçait. Presque. Car ne lui reprocherait-il pas par la suite d'en être à l'origine ?

– Tout va bien se passer, répéta-t-elle. Je t'aime.

À l'autre bout de la ligne, Joffrey maugréa.

– Et toi ? Tu m'aimes ? insista-t-elle.

– Rappelle-moi à 14 h 30, ordonna-t-il. Et pas de nouvelle surprise s'il te plaît.

– Je te promets que tout se déroulera comme prévu, dit-elle.

– Pauline, tout va bien ? l'interpella une voix dans son dos. On t'attend.

Pauline se retourna brusquement et se retrouva face à Pan-Pan. Elle eut un mouvement de surprise.

– Euh… oui… je vous rejoins tout de suite.

Une fois Pan-Pan éloigné, elle voulut reprendre sa conversation.

– Joffrey ?

Il avait raccroché.

9

En pénétrant dans le bâtiment, je fus agressé par l'odeur. L'odeur de mes peurs de l'époque. Sept ans après, cette école opérait toujours de la même manière.

Elle voulait de nouveau me broyer dans ses bras tout-puissants pour me refaire subir ce à quoi j'avais été soulagé d'échapper en grandissant.

Je gravis l'escalier, avec la sensation de m'enfoncer dans les entrailles d'un monstre. Un sentiment de pitié me traversa en pensant à ces gamins qui enduraient les coups, les humiliations, le racket et autres brimades de petits Anthony, désireux de faire des plus faibles leur créature.

Nous reprîmes chacun la place qui était la nôtre à l'époque. Pour ma part, j'étais assis au dernier rang, à côté de la fenêtre. Mme Boyer plaçait les bavards et les remuants devant, à portée de main. Les timides et les effacés au fond.

Je ne pus m'empêcher de caresser la table de la paume, dans un geste mystique, pour tenter de capter des ondes surgies du passé. Bien évidemment, je ne ressentis rien. Les graffitis inscrits à la pointe du compas avaient disparu. La chaise et la table étaient bien petites désormais, moins impressionnantes aussi.

À côté de moi, il n'y avait personne. C'était la place dévolue aux pitres, le premier niveau de punition avant l'envoi au bureau du directeur et la convocation des parents.

– Untel, puisque tu n'es pas sage, va t'asseoir là-bas à côté de Pierre-Adrien, ordonnait Mme Boyer.

J'entendais le condamné soupirer, non pas à l'idée de se retrouver à côté de moi, mais parce qu'on le changeait de place.

Je griffonnai sur mon carnet la vision qui avait été la mienne durant cette année scolaire. Toutes ces nuques, tous ces dos et, en fond, le tableau noir auquel j'appréhendais tant de me rendre.

– Je vais faire l'appel, annonça Dominique.

Elle égrena alors un à un les noms, et chacun, à l'annonce du sien, lança un tonitruant :

– Présent !

Puis Pauline évoqua en quelques mots ceux qui manquaient à l'appel et dont elle avait eu des nouvelles, comme Guillaume, qui vivait désormais au Canada où son père avait été muté.

– Julien ? interrogea Mme Boyer.

De nouveau Pauline intervint.

– Il ne sera là que ce soir. Dylan aussi. Ils arriveront ensemble, je crois.

– Très bien. Nous allons pouvoir commencer.

Des regards étonnés se tournèrent vers Mme Boyer. Elle ne comptait tout de même pas nous faire classe ! Eh bien si, au moins en apparence.

Elle attrapa un bâton de craie blanche et, de son écriture ronde, elle inscrivit en haut à gauche la date du jour.

De nouveau, tout le monde applaudit, certains sifflèrent.

Seule Pauline avait l'air ailleurs.

– Qui veut venir au tableau ? demanda Mme Boyer.

Aussitôt, presque tous les doigts se levèrent. Pas le mien. Comme sept ans plus tôt, je baissai la tête pour éviter de croiser le regard de Dominique.

– Oh non, pas lui, râla Laura.

Je me redressai et vis Anthony debout, levant les bras au ciel comme les vainqueurs. Marine s'agita en lançant des cris d'encouragement. Les autres réagirent sans enthousiasme. Je ne fis pas le moindre geste.

Que Marine entre avec un tel enthousiasme dans le jeu d'Anthony me déçut. Dans l'instant, je la dessinai, toujours aussi belle, mais affublée d'un costume de gogo danseuse avec un diadème en forme d'oreilles de lapin sur la tête.

Le portable d'Anthony sonna.

– Les affaires reprennent, clama-t-il en se mettant à l'écart.

Kévin lui succéda.

Mme Boyer avait fait agrandir notre photo de classe, qu'elle accrocha sur le tableau. Puis elle désigna chaque visage, à charge pour Kévin de retrouver l'identité de chacun. À chaque bonne réponse, il inclinait le buste, comme un artiste qui salue son public.

– Bravo Kévin, renchérissait Pauline.

C'était drôle de nous voir là, avec nos sourires forcés, nos coiffures démodées et nos allures de poupons. Certains ressemblaient encore à ce qu'ils avaient été. Pour d'autres, il fallait chercher le détail permettant de faire le lien entre les deux époques.

Ce fut particulièrement le cas pour Marion. Boulotte et blonde sept ans plus tôt. Mince, élancée et brune aujourd'hui. Et qui aurait pu imaginer que la petite fille sage qu'était Doriane opterait pour un look rock et rebelle ?

La bouille de Nicolas, avec ses lunettes rondes et rouges, ses boucles châtain qui lui couvraient le front et descendaient presque sur ses épaules, remporta un franc succès. Le gamin de l'époque avait laissé la place à un garçon athlétique dont la beauté devait faire tourner les têtes. Il suffisait d'observer la manière dont Marion le regardait. J'en fis aussitôt une esquisse en accentuant ses traits. Sourire ravageur, lunettes de soleil, accoudé à une voiture de sport rutilante.

Ma photo n'était guère flatteuse. Je grimaçais et mon regard semblait vide. Kévin n'hésita pas un instant avant d'annoncer mon prénom, tandis qu'Anthony, sans lever le nez de l'écran de son portable, lâchait sur un faux air de complicité :

– Tu n'as pas changé.

Je tournai la page et le croquai en l'affublant d'un groin, d'une bouche libidineuse et d'un œil torve.

10

Nous prîmes possession de l'internat du collège attenant avant le déjeuner.

– Il y a des chambres de trois et des chambres de quatre, annonça Pauline. Je propose que les garçons prennent les chambres à l'étage et que nous restions sur ce palier.

– Vous oubliez que j'ai gagné au foot, s'exclama Anthony.

– J'ai ? s'insurgea Laura à mi-voix, il ne manque pas d'air celui-là.

– Laisse tomber, lui glissa Marion.

Puis elle se tourna vers moi :

– On vous confie le boulet. Bon courage. Sans sa cour autour de lui, il est perdu.

– Sa cour ? m'étonnai-je.

– Monsieur fait du business, précisa-t-elle en mimant quelqu'un fumant. Il parade toujours entouré de ses hommes de main, ajouta-t-elle d'un ton ironique. Je ne sais pas s'il est vraiment dealer ou s'il se la joue. En tout cas, c'est bien la première fois qu'il est seul.

Je le revis, entouré de ses lieutenants, devant la gare.

Avant que Pauline n'annonce la composition des chambres, Nicolas prit les devants :

– Théo, Kévin et Pierre-Adrien avec moi.

– Merci les gars, vous me plantez ? protesta Anthony.

Puis il apostropha les filles :

– J'ai une chambre pour moi tout seul ce soir, n'hésitez pas à venir la visiter, vous ne le regretterez pas.

– Tu auras Julien et Dylan avec toi, rappela Pauline.

– Les absents ont toujours tort, s'amusa Doriane. Mauvaise pioche pour eux. Ils n'avaient qu'à être à l'heure.

Chacun récupéra son sac. Je rejoignis mes compagnons de chambrée.

– Si Julien et Dylan n'arrivent pas, j'aurai la suite royale, clama Anthony.

Il plaqua Doriane contre le mur du couloir.

– Tu viens avec moi ce soir ?

– Lâche-moi, espèce de vicieux, hurla-t-elle.

Kévin saisit Anthony par le bras et le tira en arrière pour libérer Doriane.

– Dégage, s'énerva Anthony. Sale...

– Sale quoi ? aboya Kévin.

– Laisse tomber, mon frère, dit-il sans même lui prêter attention.

Il se tourna vers Doriane et ajouta avec ironie :

– La rockeuse ne semble pas une fille facile, à moins qu'elle n'aime pas les garçons ?

– T'es vraiment qu'un gros naze, rétorqua Doriane en s'éloignant. Faut te faire soigner.

– C'est malin, reprocha Théo, alors que Marion prenait Kévin par l'épaule.

Pauline coupa court à la scène en annonçant :

– Dès que vous êtes installés, on se retrouve pour un pique-nique dans la cour, comme on le faisait en fin d'année. Il me faut deux volontaires pour tout préparer.

Je me proposai pour l'aider. Marine fit aussitôt de même. Cette perspective me réjouit.

Pauline posa la feuille sur laquelle figurait la répartition qu'elle avait envisagée pour les chambres. Je ne pus m'empêcher de jeter un œil dessus.

Mon nom qui voisinait avec ceux de Julien, Dylan et Anthony avait été barré et une flèche indiquait mon transfert dans l'autre chambre de garçons...

11

L'installation fut rapide. Je laissai aux trois autres le soin de choisir leur place et posai mes affaires sur celle qui restait. La chambre était simple. Quatre lits, quatre chevets et quatre armoires.

Théo s'affala sur son lit. Ses pieds en dépassaient d'au moins vingt centimètres.

– Pas idée d'être aussi grand, commenta Kévin en souriant.

– Il n'y a pas que des inconvénients à la situation, rétorqua Théo. Cela permet de prendre de la hauteur sur ce monde pourri.

– T'inquiète, j'ai apporté de quoi oublier le marasme ambiant, s'amusa Nicolas en exhibant fièrement une bouteille de vodka. Ne dites rien à Pauline, elle va piquer sa crise, ajouta-t-il. Elle a tellement envie que tout soit parfait.

– Tu la prends pour une sainte ? objecta Théo qui s'était relevé.

Il la singea, annonçant la composition des chambres en titubant, un verre à la main.

– C'est pas cool de te moquer, elle a fait un gros boulot pour mettre tout ça sur pied, commenta Kévin. Moi j'ai reçu au moins dix mails de sa part. Si elle n'avait pas autant insisté, je ne serais peut-être pas venu.

Pour ma part, j'en avais reçu un pour m'inviter, et un autre suite à ma réponse négative pour me dire qu'elle était désolée que je ne vienne pas. Cette différence de traitement me blessa, mais je n'en montrai rien.

– Bon, je vous abandonne, annonçai-je. Je dois aider à préparer le pique-nique.

Pour descendre, je passai devant les chambres des filles qui déjà se changeaient. Anthony rôdait dans le couloir. Le voir seul me fit plaisir.

Alors que j'étais à mi-étage, des hurlements retentirent.

– Dégage de là, laisse-nous tranquilles !

Anthony avait investi la chambre des filles.

Quand je franchis le seuil de l'internat, Mme Boyer était dans la cour.

– Alors Pierre-Adrien, tu es bien installé ?

– Euh… oui madame.

– Dominique. Appelle-moi Dominique, sinon je vais me sentir vieille.

Le temps avait adouci ses traits. Elle me paraissait aujourd'hui beaucoup moins féroce qu'à l'époque.

– Vous ne dormez pas ici ?

– Non, j'habite tout près et je n'ai plus l'âge de passer la nuit en internat. Comment vont tes parents ?

À cet instant, je me rendis compte que je ne les avais pas appelés pour prévenir que j'étais bien arrivé. Ils ne m'avaient pas appelé non plus d'ailleurs.

– Ils vont bien, répondis-je, laconique. Bon, il faut que j'aide Pauline à préparer le pique-nique.

– Je t'accompagne, proposa Mme Boyer avec gentillesse.

– Non, non, laissez, on s'en occupe.

– Pierre-Adrien, cria Pauline depuis le réfectoire. J'ai fait livrer des sandwichs, des chips et des boissons. Aide-moi à porter tout ça sous l'arbre, là-bas.

Elle se baissa pour attraper un carton.

– Je peux te poser une question ?

Surprise, elle interrompit son geste, se redressa puis se figea en me fixant droit dans les yeux, ce qui eut pour effet de me déstabiliser. Mon regard ripa en direction des paquets de chips.

– J'ai vu ta liste pour les chambres. À l'origine, tu m'avais mis avec Anthony, Julien et Dylan.

– Ah… euh… c'est possible. Où est le problème ? s'inquiéta-t-elle.

– Il n'y a aucun problème, me défendis-je.

– Ah… eh bien… tant mieux.

Je la sentis nerveuse. Pourquoi m'avoir intégré à la liste alors que je ne devais pas venir ? Pourquoi me placer avec Anthony, alors qu'elle savait combien il m'avait fait souffrir tout au long de cette année de CM2 ? Je gardai mes questions pour moi. Elles s'envolèrent quand Marine apparut.

– Attends, je vais t'aider, dit-elle dans un sourire éclatant.

Nous portâmes à deux le carton dans la cour.

12

Le pique-nique n'en finissait pas, et l'heure tournait. Pauline avait promis à Joffrey de le rappeler à 14 h 30 précises pour faire un dernier point. Elle n'osait pas s'éclipser en plein repas, tout le monde le remarquerait. Tant pis, se dit-elle. J'ai le droit de téléphoner si j'en ai envie.

Elle se leva, et aussitôt la question retentit :

– Pauline, tu ne veux pas de dessert ?

Elle se composa un air détaché. Elle se moquait du dessert ; elle s'était même forcée à manger. Si ça n'avait tenu qu'à elle, elle se serait isolée dans un coin en attendant la soirée, mais elle devait tenir son rôle jusqu'au bout. Alors elle annonça simplement qu'elle le prendrait à son retour.

Elle pénétra dans le bâtiment désert. Et téléphona à Joffrey.

– C'est moi, je te rappelle comme tu me l'avais demandé.

– Alors ?

Son ton était sec et distant.

– Tout avance selon le plan prévu.

– Et pour les chambres ?

– C'est arrangé.

– Bon. Je ne veux plus d'imprévu.

– Ne t'inquiète pas, je contrôle la situation.

– Vaudrait mieux.

– À quelle heure comptez-vous arriver ? s'enquit-elle.

– Comme on a dit. Pourquoi voudrais-tu qu'on change le plan ?

– Tu es certain qu'il ne vous reconnaîtra pas ? relança-t-elle.

– Je t'ai déjà dit qu'il n'avait jamais eu affaire à nous, s'impatienta Joffrey. Il traitait avec d'autres. Tu flippes ou quoi ?

– Mais non, pas du tout, se défendit Pauline. Tu me manques, Joffrey.

– Ce n'est pas le moment.

– Tu m'aimes ?

Il y eut soudain une détonation au bout du couloir. Une vitre venait d'exploser.

– C'est quoi ce bordel ? s'inquiéta Joffrey, énervé.

– Ce n'est rien. Juste un carreau. Un ballon sans doute.

– OK, OK. À tout à l'heure. Ce n'est plus la peine qu'on se rappelle. D'accord ?

– Oui, d'accord.

13

Marine s'approcha de moi et saisit mon carnet à croquis. Quand elle découvrit la page la représentant en gogo danseuse, elle marqua sa surprise.

– Tu me vois vraiment comme ça ? me demanda-t-elle, irritée. C'est pas très classe.

– Non, c'est juste…

– Juste quoi ?

Anthony vint se planter devant nous, ou plutôt devant Marine, car il n'eut pas un regard pour moi.

En attendant Pauline, on pourrait tirer des paniers de basket ? proposa-t-il.

– Je t'accompagne, accepta aussitôt Marine.

Je les regardai s'éloigner. Anthony tourna la tête et mima à mon intention un baiser, qu'il fit suivre d'un gros éclat de rire.

– Connard, tu vas le payer, lâchai-je à voix haute.

– Qu'est-ce que tu as dit ? m'interrogea Laura.

– Euh... rien. Je parle tout seul.

Elle me tourna ostensiblement le dos pour participer à une conversation animée entre Nicolas et Doriane au sujet des filières après bac. Je me tins à l'écart, car je n'avais aucune idée sur ce que je souhaitais faire plus tard, à part dessiner. Et l'avouer m'aurait sûrement valu une réponse du genre : *c'est facile pour toi, tes parents ont du pognon, tu pourras toujours reprendre l'affaire de ton père si ça ne marche pas*.

À cet instant, une vitre éclata sous un tir de ballon.

Certains applaudirent.

– Il n'en loupe jamais une celui-là, commenta Laura.

Pauline reparut, l'air grave, et éleva la voix.

– Qui a fait ça ?

– Ce n'est qu'une vitre, expliqua Kévin d'une voix posée.

– Peut-être, mais elle est cassée. Je me suis engagée à ce que tout soit nickel après notre départ.

– Un balai, une pelle, un sac, et en deux minutes tout sera réglé, poursuivit Kévin. Et pour changer le carreau, il y a des assurances.

Ce n'est sûrement pas la première fois que cela arrive. On est dans une école.

– Oui, et avec de véritables gamins, s'énerva Pauline.

Tous nous fûmes surpris par sa réaction. Kévin la saisit par la main et la guida vers la table, la fit asseoir, lui glissa quelques mots que je ne pus entendre, lui servit un verre de Coca. Elle lui fit une bise, et de nouveau un sourire illumina son visage.

Anthony dribblait avec le ballon, aucunement concerné par la vitre qu'il venait de briser.

×✕×

Plus tard, chacun réclama tour à tour sa caricature. J'évitai de trop forcer le trait, épargnant certains, égratignant gentiment d'autres. Quand ce fut au tour de Mme Boyer, tous se placèrent derrière moi pour assister à la naissance du portrait. Je commençai par dessiner une salle de classe, avec son grand tableau noir. De quelques lignes fluides, je traçai sa silhouette. J'amorçais son visage quand Anthony se planta devant moi.

– T'as pas trouvé plus viril comme activité ? railla-t-il.

– T'es vraiment nul ou tu le fais exprès ? attaqua Doriane.

– Elle a un problème la limande ? rétorqua-t-il.

Les insultes et les reproches fusèrent. Chacun y alla de son couplet, reprochant à Pauline de l'avoir convié.

– Un type dans son genre ne peut pas changer, renchérit Laura. C'était prévisible.

Plus tard encore, je m'allongeai sur un banc, un peu à l'écart. Je laissai filer mes pensées le plus loin possible.

Théo avait branché son téléphone sur une paire d'enceintes pour diffuser de la musique et commentait chaque morceau. Marion tournait autour de Nicolas, qui jouait les indifférents, Kévin tentait sans grand succès de convaincre les autres, agrippés à leurs portables respectifs, de jouer au tarot. Il ne fallut pas beaucoup de temps pour que je m'endorme, bercé par le chahut ambiant.

x X x

Ce fut une masse d'eau glacée qui me tira du sommeil. Quand j'ouvris les yeux, Anthony souriait debout face à moi, un seau à la main. Réagir ne servirait à rien. Je pris une longue inspiration. Je me mis debout, voulus faire un pas en avant et me retrouvai par terre. Il avait noué entre eux les lacets de mes baskets.

– Super drôle, ne pus-je m'empêcher de commenter.

– Tu es nul, ça peut être dangereux, lança Laura.

Pauline à son tour se précipita.

– Tu vas avoir une jolie bosse sur le front, annonça-t-elle en m'examinant, mais ça ne saigne pas.

Dans la cour, les autres couraient en tous sens, qui avec un verre plein, qui avec un broc.

– Concours de tee-shirt mouillé, lança Anthony à la cantonade.

Personne ne releva. À quoi bon ?

Mme Boyer reçut sa part de flotte et elle rit beaucoup.

L'arrivée des deux retardataires mit fin aux hostilités.

– Voilà Julien et Dylan, annonça Pauline en se précipitant vers eux.

Tous déposèrent les armes pour aller à leur rencontre.

– Vous aussi vous avez changé, dit Mme Boyer, mais vous êtes toujours aussi mignons.

Julien était le plus petit des deux. Il avait près d'une bonne tête de moins que Dylan. Il se tenait un peu en retrait, comme en attente. La casquette sur son crâne rasé ne suffisait pas à masquer son malaise. Son regard, mobile, ne se posait jamais.

Dylan, plus grand, paraissait aussi plus vieux. Il affichait une belle assurance. Montre élégante au poignet, pendentif clinquant que laissaient paraître deux boutons défaits de son polo de marque, il ne quitta pas sa paire de lunettes de soleil. Pauline lui fit une bise appuyée en posant sa main sur son torse. Je fouillai un instant dans ma mémoire pour dénicher une trace de ces deux-là. De vagues images émergèrent.

Ils se retrouvèrent rapidement au centre d'un cercle, bombardés de questions.

– D'où arrivez-vous ? Qu'êtes-vous devenus ? Vous vous souvenez de Guillaume ? Et de Marion ?

– Doucement, doucement, calma Pauline. Vous allez les étouffer.

– Emmenons-les voir notre photo de classe, lança Marine.

Cette proposition ne parut pas emballer Pauline.

– Ils préféreraient peut-être manger et boire un verre, suggéra-t-elle.

Face à l'insistance générale, elle n'eut d'autre choix que d'accepter. Ni Dylan ni Julien n'avaient émis le moindre mot.

Dans un brouhaha joyeux, nous gagnâmes la salle de classe. Pauline se planta devant la photo placardée au tableau tandis que Marine s'asseyait à côté de moi.

– Voici Julien, déclara-t-elle en tendant la main.

Chacun se pressait pour voir. Moi, je n'avais d'yeux que pour Marine.

– Toujours le même regard coquin, ajouta Pauline.

– Oui, c'est vrai, reprit le groupe en chœur.

– Et là, c'est Dylan. Il a beaucoup changé, mais je trouve qu'on le reconnaît bien, conclut-elle.

14

Vers 21 h 30, Mme Boyer annonça qu'elle partait, mais qu'elle repasserait le lendemain.

– Une ovation pour Dominique, lança Pauline.

– Do-mi, Do-mi, entama Anthony.

Cette fois, il fut suivi par tout le groupe. Mme Boyer réclama le silence.

– Le plus frustrant dans le métier d'enseignant, c'est de quitter ses élèves à la fin de l'année avec la certitude qu'on ne reverra jamais la majorité d'entre eux. Depuis le début de ma carrière, vous êtes des centaines à être passés dans ma classe. Souvent, et d'autant plus maintenant que je suis à la retraite, je me demande ce que vous êtes devenus, et je croise les doigts pour que vos vies soient belles. Pauline, je souhaiterais te remercier pour ces retrouvailles.

– Pour Pauline ? lança Kévin. Hip hip hip...

– ... Hourra, poursuivit le groupe.

Puis Mme Boyer nous adressa un signe de la main et quitta les lieux.

Les bouteilles d'alcool firent leur apparition sur les tables. Nicolas sortit sa bouteille de vodka. Il y avait aussi du gin et du whisky. Kévin s'autoproclama roi du cocktail.

Laura le fusillait du regard.

– Franchement, tu n'es pas drôle, lâcha Kévin qui sentait son regard désapprobateur peser sur lui.

– Ouais, tu vas finir seule et aigrie ma pauvre fille, renchérit Anthony après avoir vidé son verre d'un trait.

Les tournées s'enchaînèrent. Je traçai dans mon carnet les portraits des uns et des autres. Le groupe des filles, les garçons à côté des bouteilles, Dylan et Julien à l'écart.

– Qui veut fumer un pétard avec moi ? proposa Anthony.

De sa poche, il extirpa un paquet de papier à cigarettes et une barre à la couleur brun foncé.

– C'est du bio, ajouta-t-il en se marrant. Je le sais, j'en suis l'importateur.

Tous les regards étaient braqués sur lui.

– Pas de ça ici, prévint Pauline.

– C'est bon, on est en plein air, personne ne dira rien, opposa-t-il.

– Oui, on va se marrer, ça ne nous fera pas de mal, compléta Marine.

Je ne comprenais plus le jeu qu'elle menait. Par moments proche et complice, elle semblait désormais prendre un malin plaisir à coller Anthony. Était-ce ma caricature en gogo danseuse qui l'avait vexée ? Sa compagnie lui plaisait-elle, ou cherchait-elle simplement à me rendre jaloux ?

Pauline transigea et exigea que les mégots soient rassemblés dans une assiette en carton.

– Promis, fit Marine en mimant un salut militaire.

Aussitôt, Anthony roula deux pétards de belle taille. Laura ne cachait pas son exaspération.

– Il ne manquait plus que ça, me glissa-t-elle d'un air pincé. De la drogue maintenant !

Sa vision étroite commençait à me fatiguer, et je pris la défense d'Anthony :

– C'est pas si grave et pas pire que l'alcool. Regarde Nicolas, il est à deux doigts de vomir. Un pétard lui aurait peut-être fait moins de mal.

– Cela confirme ce que je te disais tout à l'heure sur son trafic, insista-t-elle.

Je souris en haussant les épaules.

– C'est une grande gueule, il fanfaronne.

– Si toi aussi tu le défends, c'est le monde à l'envers, bougonna-t-elle en se levant.

À mon grand soulagement, elle se dirigea vers Nicolas pour s'inquiéter de son état. Marion qui veillait déjà sur lui la repoussa.

Sur un banc, Kévin draguait Doriane. Elle l'écoutait bouche bée. Il avait une main sur sa cuisse qu'il massait doucement.

Sur mon carnet, j'immortalisai la scène et croquai Kévin en gladiateur musculeux avec, face à lui, Doriane en vestale énamourée, dans un perfecto et des santiags.

Puis mon regard se posa sur Marine, accrochée au pétard, alors qu'Anthony allumait le second. Mon crayon courut sur une nouvelle page blanche. Elle se rendit compte que je l'observais et prit la pose.

Nous nous sourîmes.

Légèrement titubant, Nicolas s'avança vers eux, décidé à ne pas laisser passer son tour.

– Alcool et pétard n'ont jamais fait bon ménage. Ça ne va pas arranger son état.

Laura, encore. Je ne l'avais pas entendue approcher.

– J'ai pas envie de parler, lui répondis-je d'un ton trop sec, désireux de poursuivre tranquillement mon portrait, et de continuer à jouer avec le regard de Marine.

– OK, OK.

Elle s'éloigna avec la précaution que l'on prend pour ne pas froisser un fou.

Théo m'apporta un verre et s'assit à côté de moi.

– Pas mal, dit-il en admirant mon dessin. Tu n'aurais pas un petit faible pour Marine ?

– Peut-être, annonçai-je.

Anthony m'interpella.

– C'est moi que tu dessines, Pan-Pan ?

Avant même que j'aie répondu, il reprit avec arrogance :

– N'oublie pas de me fourrer des liasses de billets de 500 euros dans les poches. Quelqu'un a envie d'une jolie pilule du bonheur ? cria-t-il en exhibant un sachet plastique contenant des cachets colorés.

Aussitôt, Pauline intervint.

– Tu ranges ça tout de suite, s'emporta-t-elle.

Anthony obtempéra.

×X×

La soirée s'écoula doucement. Trop doucement. Julien et Dylan étaient montés se coucher. Kévin et Doriane s'embrassaient. Nicolas, sous l'effet conjugué de l'alcool et du pétard, dormait par terre au pied d'un banc, Marion assise à ses côtés. Laura, les écouteurs vissés dans les oreilles, boudait dans son coin.

D'interminables discussions sur les fringues, les sorties et la musique animaient le petit groupe qui s'était formé. Marine continuait son jeu de séduction, à distance. Des clins d'œil et des sourires appuyés, que je ne relevais pas. J'écoutais les conversations d'une oreille distraite, sans y prendre part, laissant à Théo le soin de raconter ses rêves de carrière de mannequin.

J'aurais pu moi aussi monter me coucher, mais je n'ai pas osé, persuadé qu'Anthony inventerait un moyen de me tirer de mon sommeil. À cet instant, je me rendis compte qu'il n'était plus dans la cour.

– Quelqu'un a vu Anthony ? lançai-je à la cantonade.

– Anthony ? Avec ce qu'il a fumé, il doit ronfler dans un coin ! s'exclama Kévin.

15

Pauline se sentait nerveuse. Joffrey avait eu beau lui assurer qu'il n'y aurait aucune conséquence, elle commençait à douter. Elle avait l'impression, par moments, d'être dans un mauvais film. Elle avait hâte que tout se termine. Elle se ressaisit. L'heure n'était plus aux questions. Elle avait un rôle à tenir, et le tiendrait.

Ce qui se passait là-haut n'était pas son affaire. Elle, elle devait s'assurer que cette soirée ne soit qu'une soirée de retrouvailles.

– Quelqu'un a vu Anthony ?

Cette remarque la tira de ses pensées. Elle leva les yeux vers Pierre-Adrien. S'il avait pu s'abstenir de venir.

– Avec ce qu'il a fumé, il doit ronfler dans un coin ! lui rétorqua Kévin.

– Ta mère a toujours un cabriolet ? demanda Pauline à Marine pour détourner la conversation.

Petite, Pauline rêvait de cette mère paradant devant l'école au volant de son cabriolet. Elle repensa un instant à sa propre mère.

– Oui, elle adore. Elle en change souvent. Elle m'a promis que, dès l'obtention de mon permis, elle s'en achèterait un nouveau pour m'offrir celui-ci.

– Trop génial, tu m'emmèneras ? s'emballa Théo.

– Avec ta taille, ta tête va dépasser du pare-brise, s'exclama Kévin.

– Et je t'explique pas la quantité de moustiques et de moucherons que tu vas manger, poursuivit Marion.

– Oui, faudra pas sourire, ajouta Pauline.

À cet instant, elle vit Pierre-Adrien se lever.

– Ça va ? s'enquit-elle aussitôt.

– Oui, impec, je vais juste aux toilettes.

– Il y en a en bas, à gauche. Mais je suis bête, tu connais la maison aussi bien que moi.

Pauline devait veiller à ne pas en faire trop. Tenir son rôle. Simplement son rôle.

16

Oui, je la connaissais cette maison. Chaque matin, quand j'y pénétrais, j'avais une boule au ventre.

J'empruntai le large couloir. La peinture sur les murs s'écaillait, et les larges taches d'humidité dessinaient des formes inquiétantes dans l'obscurité.

Mon attention fut attirée par un bruit sourd. Il provenait de l'étage. Je gravis l'escalier plongé dans la pénombre et me dirigeai vers la chambre d'Anthony, Julien et Dylan. Ils étaient donc là. Je n'avais aucune envie de me joindre à eux, mais j'étais curieux de ce qu'ils faisaient. Je progressai doucement en direction du rai de lumière qui passait sous la porte.

Les larges lames du plancher grinçaient. J'avançais, plaqué contre le mur. Les éclats d'une conversation commençaient à me parvenir, trop étouffés pour qu'elle soit compréhensible.

J'approchais de la porte quand des cris montèrent de la cour.

17

Pauline se remit d'un bond sur ses pieds. La claque était partie sans prévenir. Et maintenant, Laura hurlait.

– J'en ai marre ! Tu es un salaud !

Face à elle, Nicolas se contenait pour ne pas lui renvoyer la gifle qu'il venait de recevoir.

– Mais elle est complètement folle cette fille ! s'écria-t-il d'une voix pâteuse en se massant la joue.

– Arrête de dire n'importe quoi, tu es bourré, tenta de le raisonner Marion.

– Laisse-moi, lui intima-t-il en repoussant la main qu'elle venait de poser sur son bras.

– Ton problème, intervint Doriane après s'être dégagée des bras de Kévin, c'est que tu ne peux pas t'empêcher de balancer les filles sur leur physique. Moi qui croyais que tu avais changé. Anthony est lourd, mais tu l'es encore plus que lui.

Laura pleurait. Marine et Doriane l'entraînèrent un peu à l'écart.

– Tu avais besoin de lui dire qu'elle était plate comme une limande ? attaqua Pauline.

– Oh, ce n'était pas méchant. Juste une plaisanterie.

– Tu as toujours plaisanté aux dépens des filles. Tu penses que d'être beau gosse te donne tous les droits ? Arrête de boire, ça ne te réussit pas, le naturel revient au galop.

– Oui, renchérit Doriane, déjà tu n'arrêtais pas à l'époque. Un bouton par-ci, un appareil dentaire par-là. Et Élisabeth, pourquoi tu crois qu'elle n'est pas venue ?

– Élisabeth ? C'est quoi encore cette histoire ? se défendit Nicolas.

– Oui, Élisabeth, celle que tu appelais la bancale parce qu'elle avait une jambe plus courte que l'autre. Tu ne t'es jamais demandé pourquoi elle arrivait toujours en retard le matin ?

– C'était il y a sept ans, qu'est-ce que tu viens me pourrir avec ça ?

Pauline tenta de calmer le jeu, sans succès.

– Eh bien elle s'enfermait dans les toilettes pour ne pas te croiser à la récréation.

– Je ne pouvais pas deviner, protesta Nicolas, l'air penaud.

– Tu crois quoi ? Qu'elle allait venir te trouver pour te supplier d'arrêter ? s'emporta Marine.

Nicolas jeta un regard accusateur à chacun.

– C'est facile de m'en mettre plein la figure. Je ne vous ai pas vus beaucoup la soutenir.

– C'est bon, on ne va pas tout gâcher pour de vieilles histoires, lança Pauline.

– Ce ne sont pas de vieilles histoires, comme tu dis. Élisabeth n'a toujours pas oublié. Et puis Laura, c'est de l'histoire ancienne ? C'est tout de même pas sa faute si elle n'a pas la poitrine de Katy Perry.

– Bonjour les références, se moqua Théo.

– Oh toi, ne la ramène pas, t'étais pas le dernier à te foutre des autres.

– Arrêtez, arrêtez s'il vous plaît, vous allez tout gâcher, supplia Pauline.

– C'est facile pour toi, tu as un corps parfait et les garçons t'ont toujours matée, même quand tu avais huit ans, rétorqua Marion.

Au prix d'un énorme effort, Pauline se retint de la gifler. Pour Joffrey. Pour ce qu'il lui avait demandé de faire.

Elle leva les yeux vers le deuxième étage et pensa à lui. Elle devait reprendre la situation en main.

– OK, OK, on se calme. Nous avons tous été très bêtes, voire méchants, à un moment de notre vie. On était des gamins sans cervelle. Mais on a tout de même évolué…

– Pas Nicolas apparemment, la coupa Doriane.

– C'est bon, je m'excuse, annonça Nicolas en levant les mains. J'suis bourré, j'ai dit n'importe quoi. J'vous promets, je suis plus comme ça, j'ai réellement changé. Je vais m'excuser auprès de Laura et après on n'en parle plus.

Doriane bougonna.

– Ensuite, on va se coucher, ajouta Marine.

Une bouffée d'angoisse envahit Pauline.

– Non, pas maintenant. Il ne faut pas finir la soirée sur un incident désagréable, sinon demain tout le monde fera la gueule. On va se calmer et passer un bon moment ensemble.

Nicolas présenta ses excuses à Laura, qui les accepta et lui consentit une bise.

Pauline se dit qu'elle avait évité le pire. C'est à ce moment-là qu'elle se rendit compte que Pierre-Adrien n'était pas revenu des toilettes.

18

De la cour montèrent des hurlements. Je m'apprêtais à rebrousser chemin quand la porte de la chambre s'ouvrit. Mon estomac se serra. Que devais-je faire ?

Alors que je n'avais rien à me reprocher, je me sentis soudain coupable. Je reconnus la silhouette de Dylan. Sans allumer le couloir, il avança jusqu'à la fenêtre pour tenter de comprendre l'origine des cris.

Plus les secondes passaient, plus ma situation devenait délicate. Dès que Dylan était sorti de la chambre, j'aurais dû l'interpeller, mais je m'étais tu. Un mauvais réflexe qui me mettait dans l'embarras. Comment justifierais-je ma présence s'il m'apercevait ?

Mon cœur battait fort. J'en sentais l'écho dans mes tempes. Je ne respirais plus, ne bougeais plus.

Quand les cris s'apaisèrent, il s'écarta de la fenêtre et, sans jeter le moindre coup d'œil dans ma direction, regagna la chambre et ferma la porte. Je me sentis subitement très bête. Mon attitude avait été celle d'un petit garçon.

Qu'est-ce qui m'empêchait de m'approcher de cette porte, de l'ouvrir et de me joindre à eux si cela me paraissait sympa ? J'avais le droit d'être là. Aussi je fis les quelques pas qui me séparaient de la porte. Ce que j'entendis me cloua sur place.

Quelqu'un venait d'assener un coup. Plus qu'un coup, c'était le bruit d'une claque. Puis il y eut des murmures. Et de nouveau une claque. Était-ce un jeu ? Non, il y aurait eu des rires.

– Alors ? interrogea distinctement la voix de Dylan. Tu fais moins le malin maintenant.

Je m'apprêtais à descendre dans la cour pour avertir les autres quand une voix dans mon dos m'interpella.

– On écoute aux portes ? Tu t'es perdu sur le chemin des toilettes ? Pour quelqu'un qui ne souhaitait pas partager cette chambre, tu as l'air bien curieux de savoir ce qui s'y passe.

19

En entendant la voix de Pauline, je me figeai. En guise de réponse, je ne pus que bredouiller quelques mots inaudibles.

Elle me fixa droit dans les yeux durant quelques secondes qui me parurent interminables. N'y tenant plus, je rompis le premier le face-à-face.

– Que font-ils là-dedans ?

Pauline me lança un regard étonné. Elle ne s'attendait visiblement pas à une question si directe. Je la sentis hésiter sur la conduite à tenir, et ses hésitations alimentèrent mon trouble.

– Tu veux le savoir ? demanda-t-elle soudain.

Ce fut à mon tour d'être déstabilisé.

– Euh… oui… non… ça ne m'intéresse pas.

Elle fit un pas vers moi et je me raidis.

– Tu vas voir.

Elle frappa à la porte et s'annonça avant de tourner la poignée.

Je n'osai pas regarder à l'intérieur.

– Pierre-Adrien était devant la porte, déclara-t-elle.

– Mais… lui renvoya Dylan.

– Entre, tu verras ce que tu cherchais à savoir, m'invita Pauline.

– Mais… enfin… tu ne vas pas… protesta Dylan avant que j'aie esquissé le moindre geste.

– Laisse-moi faire. On n'a pas le choix.

La voix de Pauline était changée. Ce n'était plus celle de la jeune fille prévenante et souriante qui nous avait accueillis le matin.

– Viens ici Pierre-Adrien, m'invita de nouveau Pauline sur un ton plus insistant.

J'approchai. Et ce que je vis me fit l'effet d'un coup de poing dans l'estomac.

Au milieu de la chambre, identique en tout point à celle que j'occupais, ficelé sur une chaise, il y avait Anthony. Les mains attachées dans le dos, les chevilles liées. Un bandeau lui couvrait les yeux, et une chaussette introduite dans sa bouche faisait office de bâillon. Son teint était pâle. Il respirait aussi fort que s'il avait couru un marathon. Il n'y avait aucune trace de sang, ni de coups. Julien et Dylan se tenaient face à lui, visiblement contrariés par mon intrusion.

– Ne t'inquiète pas, annonça Pauline. Ce n'est qu'un jeu.

– Un jeu ? lâchai-je, surpris.

– Disons plutôt... une revanche, compléta-t-elle.

Je ne comprenais rien.

– Julien et Dylan ont des comptes à régler avec Anthony, comme nous tous d'ailleurs.

Elle me sourit

– À toi aussi il t'a pourri la vie, non ?

– Euh... oui... admis-je.

– On veut lui donner une leçon.

– Mais enfin, tu disais tout à l'heure que c'était du passé.

– Du passé ? Oui... et non. Si Anthony avait changé, cela aurait été du passé, mais il est toujours le même.

Celui-ci gémit. Dylan lui colla une taloche sur le haut du crâne.

– Tais-toi un peu, gros tas de boue, ajouta-t-elle, les yeux fixés sur lui.

Puis elle se tourna vers moi et vissa son regard dans le mien.

– C'est l'occasion de te venger, non ?

– Mais de quel droit...

– De quel droit ? me coupa-t-elle. Ce type gâche l'existence de tout le monde depuis qu'il est petit. Et aujourd'hui encore il continue. Tu le trouves fréquentable ?

– Ben... non, dus-je admettre.

– Tu crois qu'il est correct avec les gens ?

– Non.

– Eh bien tu vois, on est d'accord. Donc si on lui donne une leçon, il évoluera certainement.

– Mais…

Julien et Dylan demeuraient silencieux, les yeux fixés sur Pauline.

– Lui rappeler tout ce qu'il nous a fait subir nous fera du bien. Et si en plus on l'amène à changer, on aura été utiles. Tu n'es pas d'accord ?

– Si, m'entendis-je répondre sans conviction.

Sentant que mon ton manquait d'assurance, elle ajouta :

– Tu n'as pas à t'inquiéter, on ne lui fera aucun mal. On veut juste lui donner une leçon.

20

La pièce était plongée dans la semi-pénombre. Anthony, immobile, légèrement penché en avant, semblait résigné. À chaque bruit, il rentrait la tête dans les épaules, de peur de recevoir un nouveau coup.

Je me sentais gêné, mais j'avais du mal à définir les raisons de cette gêne. Était-ce de le voir ligoté face à moi ? Ou bien ma complaisance à l'égard de la situation ?

– Vas-y, Pierre-Adrien, dis-lui ce que tu as à lui reprocher, m'intima Pauline.

J'hésitais encore. Si le souvenir des nombreuses humiliations que j'avais subies tournoyait dans ma tête, aucun mot ne venait.

Comment formuler à haute voix les griefs accumulés contre lui ?

À cet instant je réalisai que ce n'était pas de voir Anthony ainsi qui me paralysait, mais la présence de Julien et Dylan, avec lesquels je n'avais pas échangé trois mots au cours de la soirée. Qu'Anthony soit ligoté me plaisait. C'était comme une jouissance. Il était là, inoffensif, à portée de main, neutralisé. Sa toute-puissance appartenait désormais au passé.

– Alors ? insista Pauline.

Voir Anthony dans cet état me suffisait, mais comment le lui dire ?

Elle fit signe à Dylan, qui se lança :

– Espèce de salaud, commença-t-il en forçant sa voix.

Anthony protesta. Aussitôt, Pauline lui assena une petite claque sur la tête.

– Tu as démoli mon skate, poursuivit-il, et mon père m'a foutu une raclée car je ne faisais pas attention à mes affaires.

J'avais les yeux fixés sur Anthony, n'osant pas regarder les autres.

– Et moi, continua Julien, tu crachais dans ma bouffe à la cantine et tu me forçais à la manger.

Il lui mit une claque, et de nouveau Anthony gémit.

– Quelques baffes, ça n'a jamais fait de mal à personne, se justifia-t-il.

Les reproches fusèrent. Interminables.

Et moi qui pensais être le seul à subir ses humiliations, ses coups, ses incessantes intimidations. Si je m'étais douté que Dylan et Julien, des garçons débrouillards et turbulents, les subissaient aussi, peut-être aurais-je pu résister. Au lieu de cela, j'avais accepté de lui céder mes affaires, de lui donner l'argent volé à ma mère. Je n'avais pas réagi quand il me frappait, ni quand il m'appelait Pan-Pan pour faire rire les autres.

Cette situation, je l'avais acceptée. J'étais coupable. Voilà ce que je croyais à l'époque. Il m'avait fallu du temps pour réaliser qu'Anthony avait été le bourreau. Et moi la victime.

La colère qui ne m'avait jamais quitté me submergea. J'avais devant moi le type qui avait pourri ma vie.

Je me souvins de la réaction de mes parents, la seule fois où j'avais osé leur en parler. Je dis la seule, car elle m'avait dissuadé de renouveler la tentative.

– Serre les dents, m'avait répondu mon père.

– Ce ne sont que des jeux de gamins. À toi de leur montrer que tu es le plus fort, avait ajouté ma mère.

J'avais même cru lire dans ses yeux de la déception. Je m'en étais alors voulu de ne pas être à la hauteur de ce qu'elle attendait de son fils.

Cela, je le devais à Anthony. Et aujourd'hui encore il continuait à m'humilier. Sa remarque concernant mon goût pour le dessin, son commentaire sur mon jeu au foot, la manière dont il s'était employé à détourner Marine de moi. Rien n'avait changé.

Des barrages sautèrent, libérant ma haine.

Anthony se tenait face à moi. À ma merci.

J'armai mon bras et le lançai à la figure de mon bourreau.

21

Le coup n'avait pas été violent, une simple claque un peu sonore.

L'espace d'une fraction de seconde, je fus étonné. Mais après je ressentis un bien fou, et quand j'entendis les mots d'Anthony s'étouffer derrière son bâillon, le plaisir fut plus intense encore.

Anthony, mon tortionnaire. Dans ma mémoire, il n'avait pas été le seul à s'en prendre à moi. Dylan et Julien étaient souvent avec lui. Et puis le reste de la classe, qui avait repris le surnom de Pan-Pan, m'avait maintenu à l'écart. Désormais, je ne leur en voulais plus. Le seul coupable, l'inspirateur, c'était Anthony.

Dylan et Julien n'étaient pas des bourreaux, mais eux aussi des victimes. Bien sûr, ils auraient pu s'élever contre Anthony. Seulement pouvais-je leur reprocher leur passivité alors que je n'avais pas été capable de protester ?

Anthony était le seul responsable. À peine avais-je mentalement formulé cette phrase qu'une nouvelle claque partit. Je vis un sourire se dessiner sur le visage de Pauline, en écho à celui de Dylan.

Avec ces deux claques, je venais enfin de retrouver ma fierté.

– Anthony est entre de bonnes mains, annonça Pauline. Je redescends dans la cour. Laissons les autres à l'écart de tout ça. Certains n'auraient pas l'intelligence de comprendre.

Je regardai Pauline traverser la pièce, ouvrir la porte et s'enfoncer dans l'obscurité du couloir. Soudain, je me sentis seul.

x X x

Après les coups vinrent les insultes et les crachats. Et chaque attaque commençait par un solennel :

– En souvenir de...

Et il y eut beaucoup de *En souvenir de...* pour lesquels nous étions directement concernés. Puis nous nous fîmes justiciers.

– En souvenir de la fois où tu as poussé Laura dans les escaliers.

Crachat.

– En souvenir du jour où tu as volé le vélo de Marion.

Crachat.

– En souvenir de la manière dont tu coinçais Pauline dans les coins pour te frotter à elle.

Crachat.

– En souvenir des surnoms donnés à Matthias parce qu'il était roux.

Crachat.

Tout y passa. Même les actes dont il n'était pas l'auteur. En tant qu'inspirateur, il était responsable.

Je n'entendais plus les reproches formulés par les deux autres. L'alcool et la haine se mêlaient et m'emportaient.

Je m'approchai d'Anthony. Si près que je percevais son souffle. À cet instant, il ne valait pas plus que l'insecte qu'on écrase d'un coup de talon ; et j'avais le pouvoir de l'écraser. C'était bon de le sentir aussi vulnérable. Si bon. Il dégoulinait de crachats et tremblait sur sa chaise. Derrière son bâillon s'étouffaient de longs sanglots. Le bandeau qui lui couvrait les yeux était mouillé. Mais jamais il ne verserait autant de larmes que ses victimes pendant cette année de CM2.

Combien de fois avais-je pleuré en silence, une fois la lumière de ma chambre éteinte, de peur que mes parents ne s'en rendent compte ? Car plus que les brimades, c'étaient les représailles d'Anthony en cas de dénonciation que je craignais ; il m'avait menacé avec son couteau. Je m'étais donc tu, déversant ma colère et ma peine sur mon oreiller.

Vint le moment où le rythme des reproches baissa.

Ce fut alors le tour d'accusations imaginaires. Et quand elles furent à leur tour épuisées, nous le condamnâmes par anticipation.

– Pour éviter que tes petites amies ne subissent tes humiliations.

Crachat.

– Pour empêcher que tu pourrisses la vie de tes collègues.

Crachat.

– Pour éviter que tes futurs enfants deviennent comme toi.

Crachat.

22

Pauline demeura quelques minutes derrière la porte à écouter. Le pire venait d'être évité. Elle avait été parfaite. Que se serait-il passé si Pierre-Adrien était descendu dans la cour alerter les autres ? Elle n'osa l'imaginer.

Il avait fallu improviser, et elle s'en était bien tirée. Elle qui maîtrisait la situation jusque-là, surveillant les allées venues, elle avait perdu le fil quand Laura s'était mise à hurler, oubliant presque que Pierre-Adrien était toujours dans le bâtiment.

Par chance, elle avait réagi à temps. Qu'auraient dit les deux autres si Pan-Pan avait surgi dans la chambre sans prévenir ? Auraient-ils paniqué ? L'auraient-ils battu lui aussi ? Et après ?

Pauline frissonna.

Les reproches de Pierre-Adrien à l'encontre d'Anthony l'avaient rassurée. Tout rentrait dans l'ordre.

Elle descendit les marches dans le noir, en s'appuyant d'une main sur le mur. Elle savait qu'il y aurait une explication avec Joffrey dès le lendemain soir. Il lui reprocherait son manque de vigilance. Mais, pour sa défense, elle pourrait arguer qu'elle avait su réduire l'intrusion de Pierre-Adrien à un incident sans conséquence.

Oui, elle trouverait les mots pour le convaincre. Et puis n'avait-elle pas tout organisé pour lui ?

× X ×

Avant de pénétrer dans la cour, elle vérifia que sa tenue était impeccable. Elle lissa son short, arrangea une mèche de cheveux, sourit plusieurs fois en exagérant la mimique pour décontracter son visage.

– Où étais-tu passée ? demanda Théo.

– Voir où étaient les garçons.

– Et alors ?

– Ils dorment.

– Ils dorment ? On pourrait aller les tirer du lit.

Pauline se raidit. Encore une galère qui s'annonçait.

– Ce qui s'est passé tout à l'heure ne t'a pas suffi ? lança Doriane.

Pauline poussa un soupir de soulagement, et de nouveau sourit.

– Oui, laissons-les dormir, dit-elle en s'asseyant avec le groupe. Ils sont tranquilles, de vrais bébés.

Il y eut un éclat de rire général et les conversations reprirent.

23

J'étais dans un état second. La scène me semblait floue, mes gestes lointains, les sons et les paroles me parvenaient étouffés. Un état second, duquel je commençai petit à petit à émerger.

À mesure que mes idées s'éclaircissaient, je trouvais la situation de plus en plus grotesque. Qu'étais-je en train de faire ? Anthony était là face à nous, le visage dégoulinant de nos crachats. Il ne protestait plus. De temps à autre un spasme le secouait. Et un râle parvenait à franchir le bâillon.

Je me tus, laissant à Dylan et Julien le soin de poursuivre. Leurs paroles résonnaient maintenant dans la chambre comme des obscénités.

Notre comportement dépassait par son horreur celui de notre bourreau. Ainsi nous serons quittes, tentai-je de me rassurer, et Anthony comprendra.

– Il a eu son compte, parvins-je enfin à dire.

Dylan et Julien échangèrent un regard entendu puis se tournèrent vers moi.

– Tu as raison, va te coucher, m'intima Dylan.

– Et… vous ?

À cet instant, Anthony gémit, le visage tourné dans ma direction. Avait-il peur que je parte ? Ou bien m'insultait-il pour ce que je venais de lui faire subir ?

Julien lui donna une claque, et aussitôt il cessa ses gémissements.

– Et vous ? répétai-je, sur un ton que je voulais plein d'assurance.

– Il a encore besoin d'une petite leçon. Après, on lui foutra la paix.

– Mais… voulus-je protester.

– Ça te pose un problème ? me lança Dylan sur un ton agressif.

– Je pensais que…

– À force de penser, tu t'es toujours couché devant des types de son genre. Arrête de penser. C'est pas bon pour les mecs comme toi.

Ses paroles me coupèrent le souffle, ainsi que toute idée de répartie. Je pivotai et gagnai la sortie, sans jeter le moindre coup d'œil en arrière.

Je claquai la porte, sans même m'en rendre compte. Les mots de Dylan tournaient en boucle dans ma tête. *Arrête de penser. C'est pas bon pour les mecs comme toi.*

Les mecs comme toi. Qu'étais-je donc à leurs yeux ? Une victime consentante ? Il existait une hiérarchie parmi les victimes, et selon eux j'en occupais le bas de l'échelle.

Je sentis mes yeux se noyer de larmes. Je traversai le couloir et me précipitai dans ma chambre. Je me jetai sur le lit et, comme sept ans plus tôt, j'étouffai mes sanglots dans mon oreiller. J'en voulais à Anthony, à mon père, à ma mère, à Julien et Dylan, à Pauline, mais surtout à moi-même. Qu'y avait-il de pire ? Subir en silence les brimades ou se joindre à une séance de règlement de comptes ?

Une vague de doute m'assaillit. Devais-je remonter pour leur dire d'arrêter ? Ou descendre dans la cour et avouer les actes auxquels je venais de me prêter ?

Ces deux solutions m'effrayaient. J'étais comme eux. Non, pire. Car en plus j'étais lâche. Je subissais, je me laissais entraîner, je me taisais.

Le corps vide de toute énergie, l'esprit déserté de toute volonté, je demeurai là à sangloter.

À cet instant, j'avais de nouveau onze ans.

24

Ce fut la lumière du jour qui me réveilla. Chacun de mes muscles était douloureux et, sous l'effet de l'alcool ingurgité, des coups de gong martelaient mon cerveau. Je mis quelques secondes à me rappeler où je me trouvais. Puis l'épisode de la veille fit irruption dans ma mémoire, telle une bête malfaisante qui décide d'attaquer. Je revis les coups, les insultes, les crachats, Anthony, ligoté à la chaise, un bâillon enfoncé dans la bouche.

Une honte indicible s'abattit sur moi. J'espérai un instant avoir rêvé, mais les images qui me traversaient l'esprit avaient la couleur de la réalité. Une réalité brutale que je devrais désormais affronter.

Que dire à Anthony quand je le croiserais ? Quelle attitude adopter face à Pauline ? Et comment soutenir mon propre regard dans la glace ? Je fus tenté de m'enfuir en abandonnant derrière moi cette terrible infamie.

Nicolas, Kévin et Théo étaient déjà levés. Fuir m'obligerait donc à les croiser dans la cour. Comment justifier mon départ ?

Anthony n'avait-il pas déjà alerté les autres ? Un grand conseil ne se tenait-il pas dans la cour à mon sujet ?

Je me levai, m'habillai, puis jetai un coup d'œil par la fenêtre. La cour était déserte, le bâtiment silencieux. Mon cœur battait si fort que je crus qu'il allait exploser. Je fus pris d'un léger vertige et dus m'appuyer au mur pour ne pas tomber.

Il y eut alors un cri sinistre. Puis ce fut la précipitation dans les escaliers. Une, deux, cinq, dix personnes montaient les marches en courant.

Le silence s'installa. Total. Pesant. De longues secondes s'écoulèrent dont je ne vis pas la fin car je m'écroulai, évanoui.

25

Pauline était descendue la première pour dresser la table du petit-déjeuner dans le réfectoire. Elle souhaitait faire de ce début de journée un instant paisible, car elle savait que la suite ne serait pas facile.

Elle disposa les tasses, plia les serviettes en papier pour leur donner une forme de fleur. Elle poussa deux tables contre le mur, y installa les fruits, le beurre, les confitures ainsi que le pain.

Elle redoutait l'instant où Anthony passerait la porte. Joffrey lui avait assuré qu'après une telle séance il la bouclerait. N'empêche, Anthony savait qu'elle savait et qu'elle avait été mise à contribution pour que le stratagème fonctionne. Même s'il gardait le silence, comment réagirait-il en la voyant ?

Pauline avait confié son inquiétude à Joffrey. Il avait su trouver les mots pour la rassurer.

– Tu es une fille forte, tu ne lâches rien. Crois-tu que je serais avec toi si je pensais, ne serait-ce qu'une seule seconde, que ce n'est pas le cas ? Tu feras face sans problème. J'en suis convaincu.

Alors elle ferait face, pour ne pas le décevoir.

En alignant les couverts, elle se dit qu'elle aurait aimé le voir, ne fût-ce qu'un court instant, pour puiser dans ses yeux toute l'énergie dont elle aurait besoin.

L'arrivée de Théo, Kévin et Nicolas, avec dans leur sillage Marion, la tira de ses pensées.

– Bonjour, bien dormi ? lança-t-elle comme si de rien n'était.

– Impec, annonça Kévin. Où sont les autres ?

– Julien et Dylan ont laissé un mot. Ils sont partis, ils en avaient marre.

Pour étayer ses dires, elle tendit une feuille de papier aux membres du groupe. Elle passa de main en main. Les commentaires fusèrent.

– Mais pour qui ils se prennent ces deux-là ? s'énerva Marion.

– Ils débarquent à la bourre et sont les premiers à partir.

– Surtout qu'on ne les a pas vus de la soirée.

– T'es sûre au moins qu'il n'y a pas eu de dispute ?

– Oui, tu as raison. Avec le climat qui planait hier soir…

– C'est bizarre tout de même.

Cette remarque de Kévin fit tressaillir Pauline. Elle devint blême.

– Ça ne va pas ? lui demanda Doriane qui venait d'arriver.

– Si… si… mais j'en ai assez que tout déraille. Je voulais tant que tout soit parfait.

Kévin la prit par l'épaule, lui passa une main dans les cheveux et lui déposa une bise sur le front.

– Ne t'inquiète pas. Nous, on est très contents d'être là. Et on ne va pas se laisser gâcher notre plaisir par ces deux-là.

– Allons réveiller Anthony, proposa Marion. Je parie qu'il cuve encore.

D'un pas mécanique, Pauline suivit ses camarades. Elle ne savait plus quoi penser, d'ailleurs elle ne pensait plus. Son cerveau pilotait son corps de manière automatique. Il aurait fallu qu'elle prenne la tête du groupe, qu'elle fasse bonne figure, elle en était incapable. Elle ne trouva pas en elle l'énergie nécessaire.

Marion gravit l'escalier la première. Bientôt, ils atteignirent le second étage. Pauline l'entendit actionner la poignée et pousser la porte. Puis elle cria.

26

Combien de temps étais-je resté sans connaissance ? Impossible à dire.

Une forme blanche se pencha au-dessus de ma tête. Je clignai plusieurs fois des yeux et l'image devint plus nette. Il s'agissait d'une femme, en blouse blanche. Jolie, avec un sourire qui se voulait réconfortant.

– Tu es Pierre-Adrien, n'est-ce pas ?

J'acquiesçai.

– Où suis-je ?

– Dans l'infirmerie de l'école.

Je me tournai vers la porte de la pièce. À la vue du gendarme, mon corps se raidit.

– Ne t'inquiète pas, me dit l'infirmière. Il veut simplement t'interroger si tu es d'accord. Ensuite, tes parents viendront te chercher et te ramèneront chez toi.

Je fis oui de la tête. Oui à quoi ? Je ne savais pas. Oui aux questions ? Oui à la venue de mes parents ? Oui à mon retour à la maison ?

La femme s'écarta, et le gendarme prit place à mes côtés.

– Que se passe-t-il ? bredouillai-je.

– Je suis le lieutenant de gendarmerie Roche. Camille Roche. Tu es bien Pierre-Adrien Nial ?

– Oui.

– J'ai quelques questions à te poser.

Il avait de grands yeux bruns pleins d'humanité qui adoucissaient son visage carré aux traits durs. Pourquoi y avait-il un gendarme dans l'école ?

– J'ai besoin que tu me racontes la soirée d'hier.

Une question me brûlait les lèvres, et plus que les lèvres, le cerveau tout entier. Que s'était-il passé ? Le cri entendu plus tôt ressurgit dans ma mémoire et me pétrifia.

Plus qu'un récit précis du déroulement de la nuit, je lui livrai des bribes. J'oubliai l'épisode avec Anthony. Il n'y avait eu que des crachats, deux claques et des insultes. Pourrait-on un jour me reprocher d'avoir omis ce point ? Non, surtout dans mon état.

– C'est tout ?

– Euh… oui.

– Il n'y a rien eu de particulier ?

– Pour… pourquoi ? finis-je par lâcher.

À cet instant, le gendarme planta ses yeux dans les miens.

– Anthony a été retrouvé inconscient ce matin dans sa chambre. Il a été transporté à l'hôpital, dans le coma. Il avait un sachet bourré de cachets d'ecstasy sur lui. Des analyses sont en cours pour savoir s'il en a pris. On a aussi relevé des traces de liens sur ses poignets et ses chevilles, ainsi que des marques de coups.

Anthony… dans le coma. Il y eut une explosion en moi, qui dévasta tout, et ce fut le noir.

27

Tous baissaient les yeux et se repassaient en boucle le film de ce début de matinée. La découverte d'Anthony, la crise de nerfs de Marion, les gestes sûrs et posés de Kévin qui avait vérifié son pouls avant de tenter de le réveiller, puis demandé le téléphone de Nicolas pour appeler les pompiers et les gendarmes. Il avait pris la situation en main, distribuant les ordres, distillant des paroles rassurantes jusqu'à l'arrivée des secours. Il avait ensuite expliqué la situation tandis que le médecin des pompiers perfusait Anthony et le mettait sous oxygène.

Après quelques minutes, une ambulance avait quitté les lieux pour l'hôpital.

Dans l'immense réfectoire, les filles pleuraient, les garçons aussi. Autour d'eux des hommes et femmes en blanc : les membres de la cellule psychologique. Ils les invitaient à parler, à mettre des mots sur ce qu'ils avaient vu, à exprimer leur ressenti, ce qui leur faisait mal.

Marion déversait des flots de paroles. Rien ne semblait pouvoir l'arrêter. Son enfance, ses doutes, la mort de son grand-père qu'elle aimait tant.

Kévin tenait toujours son rôle de grand frère responsable, réconfortant tour à tour Théo qui ne cessait de passer nerveusement sa main dans ses cheveux, le regard perdu dans le vide, et Nicolas, dont la prestance avait disparu. Ses excès de la veille et l'émotion du matin l'avaient vieilli. Sans son sourire enjôleur, son visage était terne, presque quelconque.

Marine s'était isolée et pleurait en silence. Ses lèvres remuaient légèrement en un discours inaudible.

Un peu plus loin Laura, le visage dur et fermé, refusait de parler. Elle aurait eu tant à raconter, mais elle imaginait que son analyse n'intéresserait personne. Quel attrait éprouvait-on à se répandre ainsi ? se demandait-elle en regardant les autres.

– Cela ne pouvait pas se terminer autrement, finit-elle par dire.

Un par un, ils étaient interrogés dans une salle de classe voisine.

Les parents déjà présents étaient affolés et réclamaient qu'on les autorise à partir avec leur progéniture.

– Ce ne sont que des enfants, martelait le père de Marine.

Mais les consignes étaient strictes. Pour les besoins de l'enquête, tout le monde devait rester sur place.

× X ×

Seule dans un coin, Pauline se rongeait les ongles. Elle avait exigé que ses parents la laissent tranquille. Pour qu'ils obtempèrent, elle n'avait pas hésité à élever la voix, créant un malaise.

Une infirmière s'était approchée et lui avait demandé de se calmer. Pauline lui avait assuré que tout irait bien si ses parents *dégageaient*. Il y avait eu des œillades offusquées.

Les parents de Pauline étaient donc partis. Elle n'avait pas besoin d'eux. Si elle avait dû attendre après eux pour construire sa vie, elle l'aurait su, lança-t-elle à l'infirmière.

Elle essayait de rassembler ses idées. Il y avait des faits avérés et des zones d'ombre suffisamment épaisses pour qu'elle tente de s'y glisser.

Elle eut une pensée pour Joffrey. Elle était partagée à son sujet. Elle lui en voulait, mais, dans le même temps, elle aurait aimé qu'il la rassure. Sentir la puissance de ses bras l'entourer.

Elle revit le corps d'Anthony, étendu sur le sol. Plus de trace de la chaise sur laquelle il était resté attaché. Pas plus des liens. Rien. Pour un peu, on aurait pu croire qu'il dormait.

Elle n'était pas triste. Simplement inquiète. Inquiète pour la suite.

Que pouvait-on lui reprocher ? Pas grand-chose. Elle avait organisé ce week-end, ce qui justifiait qu'elle ait été en contact avec chacune des personnes présentes. Que deux inconnus se fussent glissés parmi eux en se faisant passer pour Dylan et Julien, elle ne pouvait en être tenue responsable. Elle avait été abusée comme les autres. Sept ans plus tard, comment être certaine que les personnes étaient bien celles qu'elles prétendaient être ? Julien et Dylan s'étaient volatilisés. Qui les retrouverait ?

Le seul qui pouvait la mettre en cause était Pierre-Adrien. Là, ce serait sa parole contre la sienne. De plus, il avait participé à la séance. Il ne serait pas difficile de susciter des témoignages pour attester qu'il en voulait à Anthony.

Quand elle fut persuadée qu'aucun lien ne pouvait être établi entre elle et la situation d'Anthony, elle se leva doucement, prit une longue inspiration et se dirigea vers une infirmière.

– Je voudrais parler à un gendarme, annonça-t-elle.

28

Les dés étaient désormais jetés. Le lieutenant Roche l'avait-il crue ? Pauline en était certaine. Il l'avait écoutée avec attention et avait noté soigneusement son témoignage.

Elle s'était limitée à la stricte vérité. La veille, Anthony, Dylan et Julien n'étaient plus dans la cour depuis un bon moment quand Pierre-Adrien avait quitté le groupe vers minuit quarante-cinq.

– Je me souviens d'avoir regardé ma montre à ce moment-là en me demandant si je n'allais pas me coucher. Il fallait que je sois en forme aujourd'hui. L'organisation repose sur moi, ajouta-t-elle.

– Et puis ?

– Et puis rien. Finalement, tout le monde est allé se coucher vers deux heures, deux heures et demie. Moi y compris.

– Vous n'avez rien remarqué ?

– Tout était calme.

– Que pouvez-vous me dire au sujet de Dylan, Julien et Pierre-Adrien ?

Pauline prit quelques longues secondes pour réfléchir.

– Ils ont répondu à mon appel sur le site permettant aux anciens élèves de se retrouver. C'est tout.

– Pourquoi cette classe ?

– Et pourquoi pas ? J'en gardais de bons souvenirs. J'ai eu envie de les revoir. C'était peut-être une erreur.

– Une erreur ?

– Il y a eu plusieurs incidents qui prouvent que tout le monde ne partageait pas mon sentiment.

– Dites-m'en plus.

Pauline raconta en détail le comportement provocateur d'Anthony, l'accrochage entre Laura et Nicolas, les critiques incessantes des uns sur les autres, et les propos de Pierre-Adrien au sujet d'Anthony.

– Il n'aimait pas Anthony ?

– Lui, et d'autres. C'est vrai qu'Anthony nous en a fait voir, mais c'était du passé. Il lui en voulait à propos du surnom dont il l'avait affublé, Pan-Pan, et des brimades qu'il lui avait fait subir.

– Des brimades ?

– À l'époque, Pierre-Adrien était le souffre-douleur d'Anthony, mais…

– Mais quoi ? relança le lieutenant.

– Vous pensez qu'il aurait pu…

Pauline laissa sa phrase en suspens.

Si le gendarme ne releva pas, de son écriture serrée, il nota dans son carnet.

À cet instant, Pauline comprit qu'elle avait fait mouche.

– De quel genre de brimades s'agissait-il ? relança-t-il.

– Coups, humiliations. Pierre-Adrien a dit qu'Anthony le rackettait.

– Dylan et Julien étaient dans le même cas que Pierre-Adrien ? interrogea le gendarme. Harcelés eux aussi ?

Pauline prit une longue inspiration.

– C'est difficile à dire. On se vante rarement d'avoir été victime.

– Pierre-Adrien vous a confié son calvaire pourtant.

– Oui, lui c'était différent. Il en a vraiment bavé.

– Vous avez autre chose à ajouter ?

Pauline fit non de la tête.

Le gendarme relut ses notes puis l'informa qu'elle pouvait rejoindre ses camarades dans le réfectoire. Elle se leva, avec la certitude qu'elle retrouverait bientôt Joffrey et qu'ils s'en iraient loin d'ici.

Elle avait été parfaite. Pour la deuxième fois en quarante-huit heures, elle venait de sauver la situation.

29

Quand je rouvris les yeux, mes parents se tenaient immobiles au pied du lit.

– Dès qu'on nous a appelés, nous avons pris la route, commença ma mère.

– Tout ceci va être vite réglé. Ensuite on te ramène à la maison, poursuivit mon père.

Mon état ne paraissait pas les préoccuper.

– Tu vas bien ? finit-elle par demander.

Sa question arrivait trop tard. Et puis que pouvais-je lui répondre ? Anthony était à l'hôpital, entre la vie et la mort, et je m'en sentais coupable. Je me revis crachant sur lui, l'insultant, lui donnant des claques. Le bruit de sa respiration me revint en mémoire. Cette respiration empreinte de peur que j'avais trouvée si jouissive à entendre.

Oui, jouissive. Car elle était le parfait écho à la peur qui m'avait hanté tout au long de cette année de CM2. Sept ans plus tard, elle avait changé de camp. Ça avait été bon. Terriblement bon. Comme un point final à tout ce que j'avais subi, une renaissance.

J'avais ensuite quitté la pièce, abandonnant Anthony aux mains de Dylan et Julien. Avaient-ils poursuivi seuls ? Pauline était-elle remontée ? D'autres s'étaient-ils joints à eux ?

Toutes ces questions tambourinaient dans mon cerveau.

Que devais-je dire ? Que devais-je taire ? Livrer aux gendarmes ce que je savais me mettait en cause. Ma vie serait foutue. Foutue avant même d'avoir commencé.

Ma mère tenta d'attraper ma main, je la retirai. Son soutien arrivait trop tard. Bien trop tard. Sept ans trop tard.

Elle ne comprit pas mon geste et se tourna vers mon père qui haussa les épaules.

Le mieux était de se taire. Se taire et nier. Julien et Dylan étaient sans doute les responsables de l'état d'Anthony. Peut-être l'avaient-ils gavé d'ecstasy. Les gendarmes trouveraient une preuve de leur forfait. Ils seraient arrêtés, punis. Et moi, je repartirais avec le poids éternel de ma culpabilité sur la conscience. Je m'étais prêté au jeu. Il était trop tard pour avoir des regrets.

Quand le gendarme fit irruption dans la pièce, j'étais perdu dans mes pensées.

– J'aurais besoin de poser quelques questions supplémentaires à votre fils, annonça-t-il à mes parents.

Ma mère se raidit. Elle interrogea mon père d'un léger mouvement de la tête, il approuva.

Le lieutenant Camille Roche se tourna vers moi. Il n'eut pas à formuler sa question.

– Je préfère qu'ils nous laissent, répondis-je aussitôt, sans un regard pour mes parents.

Ils ne firent aucun commentaire. Ils se levèrent en silence et sortirent.

Quand la porte se referma derrière eux, le lieutenant se racla la gorge.

– Vous avez des nouvelles d'Anthony ? le pressai-je avant qu'il ne débute.

– Non, aucune, il est trop tôt. Il y a quelques points que je souhaiterais éclaircir avec toi.

Son ton était ferme et déterminé.

– Allez-y.

– Je voudrais que tu me redises exactement ce que tu as fait entre le moment où tu as quitté la cour hier soir et la découverte d'Anthony ce matin.

Ses yeux se vissèrent dans les miens.

– Vous pensez que je suis responsable de son état ? m'emballai-je.

– Je n'ai jamais dit cela.

Mon cœur battait à tout rompre, mon estomac se tordait comme une serpillière qu'on essore.

Je rassemblai mes pensées et choisis la ligne à tenir. Je devais m'accrocher à ma première version. Avouer reviendrait à m'accuser d'un acte que je n'avais pas commis.

Ma présence dans cette chambre la veille au soir n'avait rien changé à ce qui s'y passait. Dylan et Julien avaient attaché Anthony, l'avaient frappé, insulté, lui avaient craché dessus et étaient restés avec lui après mon départ. C'étaient eux les responsables.

Et Pauline.

– J'étais fatigué et j'en avais marre, je suis monté me coucher.

– Il était quelle heure ?

– Je sais pas trop. Minuit, minuit et demi. Peut-être une heure.

– Et tu en avais marre de quoi ?

– De leurs discussions sans intérêt, et puis…

– Et puis quoi ? relança le lieutenant.

– Si j'avais pu, je serais rentré chez moi.

– Pourquoi ?

– J'en avais assez d'être là. Ça ne rimait à rien ces retrouvailles. On n'a plus grand-chose en commun.

– Qui restait-il dans la cour hier soir quand tu es monté ?

J'égrenai les noms.

– Anthony, Julien et Dylan n'étaient donc plus dans la cour ?

– Non, confirmai-je.

– Et Pauline ?

Cette question me dérouta. Quelle position devais-je adopter à son sujet ? Si je la mettais en cause, n'en ferait-elle pas de même avec moi ?

– Elle se trouvait dans la cour, avec les autres.

Le lieutenant Roche me dévisagea longuement avant d'annoncer :

– Mon problème, c'est que Dylan et Julien ne sont jamais venus ici. J'ai appelé leurs parents, ils n'ont pas bougé de chez eux.

– Mais si, ils étaient là, tout le monde les a vus.

– Ce n'était pas eux.

À cet instant, un agent pénétra dans la pièce.

– Mon lieutenant, le procureur est arrivé. Il voudrait vous parler.

30

Une infirmière m'apporta un sandwich et une petite bouteille d'eau. Mes parents étaient allés déjeuner et reviendraient ensuite, m'annonça-t-elle.

Je n'avais prêté aucune attention à leur départ tant je me débattais avec la révélation du gendarme. Julien et Dylan n'avaient jamais mis les pieds dans cette école. Pourtant, nous les avions reconnus. Le regard, le menton, avaient dit certains.

Des imposteurs s'étaient glissés dans ces retrouvailles, et nous nous étions tous laissé abuser, même Mme Boyer.

Julien, Dylan. Je me repassais le film de leur arrivée, de leur présentation, la manière dont ils étaient restés à l'écart lors de la soirée.

Un détail me frappa soudain. Je revis le geste un peu trop tendre de Pauline envers Dylan, quand elle nous l'avait présenté. Ses œillades furtives aussi, tout au long du repas.

Je mangeai sans faim un sandwich chichement garni, écartant les pensées relatives à Anthony. L'idée qu'il puisse mourir m'horrifiait.

Deux inconnus s'étaient introduits ici et s'en étaient pris à Anthony. Puis ils s'étaient volatilisés. En fin de compte, tout cela faisait mon affaire. Les recherches se focaliseraient sur eux. Mais Pauline dans tout ça ?

C'était elle qui m'avait incité à entrer dans la chambre, après m'avoir surpris dans le couloir. C'était elle encore qui m'avait encouragé à participer à ce jeu funeste. Sans elle, je n'aurais jamais commis de tels actes.

C'était elle, oui. Mais j'y avais consenti. J'avais été incapable de refuser d'entrer dans la pièce. Incapable de prendre la mesure de la situation. Incapable de m'opposer, même si j'avais eu besoin qu'on me pousse à passer à l'acte. Pitoyable. J'étais pitoyable.

x X x

Le lieutenant Camille Roche pénétra de nouveau dans l'infirmerie. Il avait les traits tirés mais le regard déterminé.

Il prit place sur une chaise, qu'il tira juste à côté du lit. À la main, il tenait cette fois un petit carnet noir.

– Il faut qu'on parle, Pierre-Adrien.

– Euh... oui.

– Et qu'on parle très franchement.

Ma gorge était si serrée que je ne pus avaler le reste de ma bouchée.

– Que se passe-t-il ?

Le lieutenant me demanda d'un ton sec :

– Quel était ton état d'esprit vis-à-vis d'Anthony ?

– Anthony ?

La pièce autour de moi vacilla. Bien évidemment, le gendarme sentit mon trouble et reprit d'un ton bienveillant cette fois.

– Tu peux tout me dire.

– Je sais pas quoi vous dire, ai-je rétorqué. Je ne l'avais pas revu depuis sept ans.

– Mais encore ? insista-t-il.

– Il était...

– Tu le détestais ?

– Euh... oui... non... je sais pas.

– Plusieurs personnes nous ont raconté ce qu'il te faisait subir. Mme Boyer nous a précisé qu'Anthony t'embêtait parfois.

– Vous appelez ça embêter ? m'indignai-je. Il m'a pourri la vie ce salaud, pendant toute l'année de CM2.

– Mme Boyer s'en veut de ne pas avoir saisi la gravité de la situation à l'époque. Elle s'en veut terriblement.

Je fus alors submergé par la panique.

– Je ne lui ai rien fait, protestai-je.

– Du calme, du calme, personne n'a jamais dit cela. Je veux simplement que tu répondes à mes questions.

J'acquiesçai.

– Est-ce que tu lui en voulais ou pas ? répéta lentement le gendarme.

– Oui… un peu… c'était il y a longtemps.

Le lieutenant consulta sa montre.

– Personne n'a intérêt à perdre son temps dans cette affaire, mais si nous devons le prendre, nous le prendrons. Je vais simplement te rappeler la situation. Anthony est dans le coma après avoir subi une série de sévices et très certainement consommé de la drogue, dit-il en détachant chaque syllabe. Toi, Dylan et Julien étiez à l'intérieur du bâtiment, les autres étaient réunis dans la cour. Ma question est simple, Pierre-Adrien. Qui sont ces deux garçons qui se sont fait passer pour Julien et Dylan ?

– Je ne les connais pas. Ou plutôt si, je croyais que c'était Dylan et Julien, me défendis-je.

– En es-tu certain ?

Je me redressai, révolté.

– Vous ne me croyez pas ?

– La situation est encore un peu confuse, commenta le gendarme dont le regard se perdit par la fenêtre.

Je ne savais plus quelle attitude adopter.

– Il y a eu un blessé grave, deux suspects ont disparu… Ton comportement me laisse perplexe.

– Mon comportement ? m'indignai-je.

– Oui.

Il se remit à me fixer, et ses yeux se firent inquisiteurs.

– Plusieurs de tes camarades ont témoigné dans le même sens.

× X ×

Des gouttes de sueur perlaient sur mon front. Le lieutenant savait, il n'y avait aucun doute. Ou alors bluffait-il ? Je décidai de m'enfoncer dans le mutisme le plus total pour ne pas rentrer dans son jeu.

Il s'écoula de longues secondes, durant lesquelles je luttai pour soutenir son regard.

– Ces témoins sont formels sur deux points. Le premier, c'est qu'ils t'ont vu pénétrer dans l'internat avant tout le monde, le second, c'est que tu en voulais à Anthony.

– Vous croyez que je suis responsable de son coma ?

– Ce que je crois, à ce moment de l'enquête, c'est que plusieurs d'entre vous en avaient après Anthony et ont voulu se venger. Le jeu, si je peux m'exprimer ainsi, aura mal tourné. On n'abandonne pas quelqu'un entre la vie et la mort à cause de quelques brimades, quelles qu'elles aient pu être. Non, ça, je n'y crois pas. Réfléchis. Je reviens dans un moment. Tu n'as aucun intérêt à me cacher la vérité.

31

Le bruit commençait à circuler que Pierre-Adrien était l'auteur des coups et qu'il avait forcé Anthony à ingurgiter les cachets à l'origine de son coma, aidé par deux complices extérieurs qui s'étaient fait passer pour Julien et Dylan.

Après Pauline, chacun avait de nouveau été interrogé par le lieutenant Roche.

– C'est Pan-Pan, répétaient-ils tous.

En prononçant ces mots, les regards étaient mauvais. Intérieurement, Pauline jubilait. Son stratagème fonctionnait.

Des petits groupes se formèrent, avec comme unique sujet de discussion la manière dont Pan-Pan avait pu procéder.

– Il nous a tous trompés, s'indigna Marion.

– Oui, avec ses airs de ne pas y toucher, renchérit Nicolas.

Chacun plaignait Pauline. Organisatrice de ce week-end, elle était aussi à considérer comme une victime.

– Si j'avais su, gémit-elle.

– Tu n'as rien à te reprocher, tu ne pouvais pas savoir, tenta de la rassurer Kévin.

– Il aurait pu s'en prendre à n'importe lequel d'entre nous, lança Marion, personne ne l'a épargné à l'époque. Nous l'avons tous appelé Pan-Pan.

– Ne dis pas n'importe quoi, la reprit Théo.

Elle lui jeta un regard mauvais.

Laura leva les yeux au ciel. Comme Marine, elle avait gardé le silence pendant que les autres transformaient Pierre-Adrien en monstre et s'imaginaient en victimes.

Elle se fit la réflexion que chacun finit par régler ce qu'il doit. Anthony était passé à la caisse et avait payé cash son comportement.

Quant à Marine, elle s'interrogeait sur le paradoxe de cette situation. Dans la même soirée, elle s'était rapprochée d'une victime devenue bourreau et d'un bourreau devenu victime.

À la lumière des révélations du lieutenant, ils firent une relecture accablante des événements pour Pierre-Adrien. Tout était désormais sujet à interprétation. Le moindre de ses gestes, chacune de ses paroles, étaient décortiqués. À mesure que les minutes s'écoulaient, les hypothèses se muaient en certitudes. Pan-Pan était coupable. Et bien coupable.

Puis tous exprimèrent les doutes qu'ils avaient eus au sujet de Dylan et Julien, affirmèrent avoir observé des gestes de connivence entre eux et leur complice.

– Pan-Pan n'était pas un simple complice, corrigea Marion. Il est l'instigateur.

– À quoi t'attendais-tu de la part d'un mec comme Pan-Pan ?

Les propos devinrent plus vindicatifs, parfois haineux.

Pauline n'avait plus rien à faire ; la machine s'emballait dans le sens souhaité. Elle aurait bien appelé Joffrey pour lui dire de ne pas s'inquiéter, mais ce n'était pas le moment.

Dans un premier temps, Pauline en avait voulu à Joffrey d'être allé si loin avec Anthony. Quand il lui avait parlé de l'affaire, il n'était question que de le menacer, de lui faire peur. Joffrey l'avait-il trompée ? Non, elle ne pouvait y croire. La situation avait simplement mal tourné. Anthony aurait aussi bien pu s'écrouler quelques heures plus tôt dans la cour, pendant la partie de foot, tenta-t-elle de se persuader. Joffrey n'y était pour rien, elle non plus. C'était juste un accident.

Juste un accident, se répéta-t-elle.

32

Autour de moi, tout paraissait mort. La peinture écaillée des murs, le mobilier vieillot, le lit sur lequel j'étais allongé.

Quelle issue me restait-il ?

À ce stade de l'enquête, j'étais suspecté d'être à l'origine du coma d'Anthony. Si les faux Dylan et Julien n'étaient pas retrouvés, je serais le seul suspect. Une poussée d'angoisse me gagna. J'imaginai la prison, sans parvenir à mettre sur ce mot d'images précises. Peut-être devais-je fuir avant que le piège ne se referme sur moi.

Pauline et les deux autres avaient-ils tout manigancé pour me faire porter le chapeau ? Avais-je été dès le début intégré à leur plan ?

Non, ça ne tenait pas debout puisque je n'aurais jamais dû être là.

Quand Pauline avait envoyé son invitation aux anciens élèves, je n'avais dans un premier temps pas répondu, puis après le second mail, j'avais envoyé un court message de refus.

J'étais venu sur un coup de tête, sans prévenir Pauline. Je revis mon arrivée, la veille en fin de matinée. Puis je me rappelai la feuille où figurait la répartition par chambre. Mon nom s'y trouvait. Pierre-Adrien Nial. Alors que je n'avais pas prévu de venir.

Pourquoi ?

La composition des chambres avait aussi changé. Pauline avait prévu de m'installer dans celle d'Anthony, Julien et Dylan, puis elle m'avait déplacé dans celle de Kévin, Nicolas et Théo.

Le lieutenant Roche pénétra dans la pièce. Son calme tranchait avec la tempête qui se déchaînait dans mon cerveau.

Il s'approcha, tira la chaise sur laquelle il s'assit à califourchon.

Il laissa le silence s'installer avant de me demander :

– As-tu une réponse crédible à me fournir à ma question sur Julien et Dylan ?

– Je n'ai rien à voir avec le coma d'Anthony, me défendis-je une nouvelle fois.

– Je te l'ai dit, Anthony peut avoir eu un malaise. Mais il a eu ce malaise alors qu'il était attaché à une chaise. Et ça, ça change tout. Qui sont réellement Dylan et Julien ?

– Je ne les connais pas. Je pensais qu'il s'agissait d'anciens élèves.

Le gendarme soupira.

– Je vais être franc avec toi Pierre-Adrien. Je suis convaincu que tu étais là-haut avec eux.

Je restai interdit.

– Tu peux continuer à nier, mais très vite nous saurons exactement ce qui s'est passé et qui précisément était dans la chambre. L'un de vous a forcément touché Anthony. Une claque, un crachat ? Les analyses ADN parleront. Tu sais, j'imagine, ce que sont les analyses ADN ?

Je ne répondis pas.

– Oui, tu le sais.

Nouveau silence.

– Tu as donc le choix. Coopérer ou attendre que les résultats des analyses nous parviennent. Dès que j'obtiens l'autorisation du juge d'instruction, on procédera à un prélèvement sur toi et sur chacun des membres du groupe.

Seul mon ADN serait identifié, puisque les faux Julien et Dylan avaient disparu. Je tentai de me remémorer l'instant où Pauline était venue dans la chambre. Elle n'avait pas approché Anthony, ne l'avait pas touché ni ne lui avait craché à la figure. Son ADN non plus ne serait pas retrouvé. Je n'avais donc plus d'autre choix que parler.

– Pauline…

– Quoi Pauline ?

– Elle était avec moi, là-haut.

Je ne pus retenir mon émotion ; le cauchemar dans lequel je m'enfonçais s'écoula en larmes sur mes joues. Tel un barrage qui cède, les larmes furent suivies de sanglots.

– Dis-moi ce qui s'est réellement passé dans cette chambre, Pierre-Adrien.

Sa voix était douce, apaisante. Tout basculait, pourtant je sentais une paix incroyable me gagner. J'allais me décharger d'un poids immense.

Le flot de larmes devint un flot de paroles. L'année de CM2, mes parents, le mail de Pauline, ma décision tardive de venir. Et je lui racontai comment je m'étais retrouvé là-haut. Je lui avouai aussi le plaisir que j'avais éprouvé en crachant sur Anthony et en l'insultant. J'avais besoin de le formuler pour purger la saleté qui me tapissait l'intérieur. Enfin, j'évoquai la liste sur laquelle mon nom figurait.

Le lieutenant Roche demeura immobile et silencieux tout le temps de mon récit.

– Et pour Dylan et Julien ? me demanda-t-il quand j'eus terminé.

– J'ai leur portrait, je les ai dessinés, m'emballai-je.

– Pardon ? fit le gendarme, interloqué.

Je lui expliquai mon goût pour le dessin et surtout le portrait, la manière dont je m'étais amusé à croquer les participants à cette soirée.

– Mon carnet est dans mon sac.

Avant de quitter la pièce, le lieutenant se tourna vers moi.

– Tes parents sont là. Tu veux les voir ?

Qu'allais-je leur raconter ? Que m'apporteraient-ils ?

– Non, merci.

Je vais leur dire que tu as besoin de repos.

– Merci, répétai-je.

33

Le lieutenant ne fut pas long à revenir.

– Pauline a avoué, m'annonça-t-il. Avec ce que tu m'avais dit, j'avais suffisamment d'éléments concrets pour la placer face à ses contradictions. Quand elle a vu que je possédais les portraits, elle s'est mise à pleurer et à parler. Une patrouille est partie arrêter les faux Dylan et Julien. En fait, l'un d'eux s'appelle Joffrey, c'est le petit ami de Pauline. Il s'est fait passer pour Dylan.

– Pourquoi ?

– Un compte à régler avec Anthony. Une affaire de rivalité entre dealers. Ces retrouvailles avaient pour objectif de l'attirer ici, seul, sans ses lieutenants. Anthony est à la tête d'un réseau de revendeurs de drogue et ne se déplace habituellement qu'en bande.

Joffrey et Sam sont originaires de la ville voisine. Anthony ne les connaissait pas. Ils ont pris l'identité de Dylan et Julien qui avaient annoncé à Pauline qu'ils ne viendraient pas. Tout comme toi. En ton absence, ils auraient été trois à se charger d'Anthony. Voilà pourquoi ton nom figurait sur la liste des chambres.

– Que lui voulaient-ils ?

– Lui mettre une raclée, et certainement lui soutirer des informations. L'enquête permettra de le dire plus précisément. Dans cette histoire, tu as été le grain de sable. Le plan était osé, mais il aurait pu fonctionner. Ta curiosité les a obligés à te mouiller. En te faisant participer, ils s'assuraient de ton silence. Sans ta présence et tes dessins, il aurait été difficile de dénouer les fils de cette affaire…

J'étais sous le coup de ce qu'il venait de me raconter, et je ne parvenais pas à faire la part des choses. L'histoire tournait en boucle dans mon esprit, déversant à chaque passage son lot de regrets et de culpabilité.

– Ça va aller ? me demanda le lieutenant Roche.

– Que va-t-il se passer pour moi ?

– Les faits sont très graves. Actes de torture et de barbarie, séquestration. Le code pénal prévoit des peines pouvant aller jusqu'à vingt ans de prison. Et tu y es mêlé. Compte tenu de ton âge et de ta coopération, le juge d'instruction a décidé de te laisser en liberté. On te convoquera dans les jours prochains à la gendarmerie pour confirmer ton témoignage. Ensuite, tu recevras une convocation du juge. Il y aura un procès. C'est la justice qui statuera sur ton sort.

Il y eut un long silence.

– Je garde ton carnet avec moi. Il s'agit d'une pièce à conviction.

Avant de quitter l'infirmerie, il ajouta :

– Il y a une issue à l'arrière, tu veux que je dise à tes parents de t'y attendre ?

– Non, ce n'est pas la peine. Vous pouvez les faire entrer.

Ma mère s'avança, suivie de mon père. Leurs regards inquiets se posèrent sur le lieutenant Roche.

– Nous allons sortir par la porte principale, ajoutai-je. Je ne veux pas me dérober.

Mon père me sourit.

– Mon chéri... commença ma mère.

– Maman s'il te plaît, ne dis rien. Je vous raconterai tout... plus tard. Une fois que nous serons partis d'ici.

– Si tu veux, murmura-t-elle. Si tu veux. Rentrons à la maison. Ton père a déjà chargé ton sac dans le coffre de la voiture.

Je me levai, sortis de la pièce et longeai le couloir. Mes parents me suivirent, sans prononcer le moindre mot.

Dans la cour, deux gendarmes emmenaient Pauline et la firent monter à l'arrière d'une voiture. À côté, un autre véhicule était garé, dans lequel se trouvait Dylan, ou plutôt Joffrey arrêté un peu plus tôt. Il avait les yeux braqués sur Pauline et tentait de lui parler à travers les vitres fermées. Leur dialogue silencieux dura jusqu'à ce que les véhicules démarrent.

Mme Boyer s'approcha. Ses yeux étaient humides. Elle demeura un instant face à moi. L'émotion l'empêcha de prononcer le moindre mot. Elle posa sa main sur mon bras, le serra, puis me fit une bise. J'eus envie de lui demander pardon. Pardon de m'être mêlé à ce cauchemar. Pardon de lui gâcher ses souvenirs. Mais je demeurai silencieux.

Quand elle s'éloigna, Laura et Doriane me firent un signe de la main. Théo évitait de croiser mon regard, tandis que Marion et Nicolas me tournaient ostensiblement le dos. Kévin parcourut les quelques mètres qui nous séparaient.

– Nous sommes aussi un peu responsables, nous n'avons rien dit ou fait pour te protéger d'Anthony à l'époque, me glissa-t-il avec une tape amicale sur l'épaule.

Je restai silencieux. Puis ce fut au tour de Marine de s'avancer.

– Le gendarme nous a montré ton carnet à dessin pour nous demander d'identifier Dylan et Julien.

– Ah, fis-je, lointain, le regard perdu vers la rue.

– Nous avons confirmé la ressemblance, ajouta-t-elle.

– Tant mieux.

– J'ai beaucoup aimé le portrait que tu as fait de moi. Ça m'a touchée. Enfin, le second.

Je me tournai vers elle.

– Tu as du talent, murmura-t-elle.

– Merci.

Le silence prit possession de l'espace.

– Je suis sincèrement désolée de l'attitude que j'ai eue avec Anthony, confia-t-elle. Je voulais juste te rendre jaloux.

– Ça a parfaitement fonctionné.

Marine attrapa ma main.

– Je voulais savoir si tu accepterais qu'on reprenne tout au point de départ.

Cette proposition me fit chavirer.

– Oui, j'en serais très heureux, lui répondis-je dans un sourire.

Nous échangeâmes nos numéros de téléphone et nos adresses mails, avec la promesse de nous contacter au plus vite. Puis je montai dans la voiture.

Par la lunette arrière, je lui adressai un baiser, qu'elle me rendit.

Alors que nous passions devant la gare, je demandai à mes parents :

– Avant de quitter la ville, je voudrais qu'on fasse un crochet par l'hôpital.

La chanson *Runaway* de Kanye West et Pusha T m'a accompagné en boucle tout au long de l'écriture de ce roman.

L'AUTEUR

Jean-Christophe Tixier est né en 1967 à Pau, où il a grandi et vit toujours. Il a enseigné l'économie, formé des jeunes en difficulté, réalisé des sites internet, des documents publicitaires, et fait une multitude de métiers. Il a longtemps exploré les méandres de l'imagination et de l'écriture, certain de finir par trouver une machine à rêves.
Après la publication de nouvelles et d'un roman policier pour adultes, il se lance dans la littérature jeunesse. Pour écrire, il choisit l'accompagnement d'une chanson qui le suit en boucle du début à la fin de son projet.
Il partage son temps entre l'écriture, l'organisation à Pau d'un salon polar intitulé *Un Aller-Retour dans le Noir* – une autre façon de partager sa passion pour le noir –, la direction d'une collection de nouvelles, les voyages, les rêveries, les dîners entre amis et les rendez-vous avec ses lecteurs. Autant de prétextes aux rencontres...
Vous pouvez le retrouver sur :
www.facebook.com/Tixier.JeanChristophe

DANS LA MÊME COLLECTION

Souviens-toi de Titus
Jean-Paul Nozière

Un assassin s'attaque aux notables et revendique ses crimes par des citations littéraires. Un jeune journaliste décide de fouiller le passé des victimes.

Avant qu'il soit trop tard
Stéphane Daniel

En banlieue, Fabien est victime d'un trio de voyous qui le harcèlent. Un sinistre engrenage se met en branle. Après les bourrades, viennent les coups et le racket...

Cette nuit, Soledad

Hubert Ben Kemoun

Soledad et la vieille dame à qui elle fait la lecture sont prises en otages par un individu masqué, armé et violent. Comment lui échapper ?

Meurtre au lycée

Geneviève Senger

Jeune auteur à succès, Agathe reçoit des messages anonymes la menaçant de mort. Qui lui en veut ? Et si la clé du mystère était dans son roman ?

Retrouvez tous les titres de la collection

Heure noire

sur le site **www.rageot.fr**

Achevé d'imprimer en France en mars 2012
par l'imprimerie Hérissey à Évreux.
Dépôt légal : avril 2012
N° d'édition : 5575 - 01
N° d'impression : 118350